唐家王朝

改变中国的十二位香山子弟

[英]马克·奥尼尔 著
张琨 译

南方日报出版社
NANFANG DAILY PRESS
中国·广州

本书原由三联书店（香港）有限公司以书名《唐家王朝——改变中国的十二位香山子弟》出版，现经由原出版公司授权广东南方日报出版社有限公司在中国内地出版发行。

图书在版编目（CIP）数据

唐家王朝：改变中国的十二位香山子弟 / [英]马克·奥尼尔著．— 广州：南方日报出版社，2016.6
ISBN 978-7-5491-1405-4

Ⅰ．①唐… Ⅱ．①奥… Ⅲ．①传记文学－作品集－英国－现代 Ⅳ．①I561.55

中国版本图书馆 CIP 数据核字（2016）第 098511 号

TANGJIA WANGCHAO
唐家王朝——改变中国的十二位香山子弟

著　者：[英]马克·奥尼尔
出版发行：南方日报出版社
地　址：广州市广州大道中 289 号
经　销：全国新华书店
印　刷：佛山市浩文彩色印刷有限公司
开　本：889mm × 1194mm　1/32
印　张：9.25
字　数：168 千字
版　次：2016 年 6 月第 1 版
印　次：2016 年 6 月第 1 次印刷
定　价：38.00 元

投稿热线：（020）87373998-0503　读者热线：（020）87373998-0502
网址：http://www.nanfangdaily.com.cn/press　http://www.southcn.com/ebook

前言

周日午餐时分，我们在一家喧闹的香港餐馆就餐，岳母大人正在描述老家唐家湾在战争年代的故事。唐家湾是广东珠海的一部分。“那些‘萝卜头’（日本兵）每天下午都在露天地儿洗澡。我们这些小孩子就趴在墙头偷看他们。他们光着身子的时候，看上去也没那么吓人。”她想了一会，继续说，“我们的邻居就是个大人物，你晓得吗？唐绍仪家就在我们隔壁。他可是唐家湾的众多大人物之一。我们小孩子经常在他家的大花园里玩，园子里有树、有小山，还有个池塘。村里其他地方可没这些。”尽管已经在中国生活多年，我必须承认从没听说过唐绍仪，这难免让我感到有点尴尬。回家以后，我在网上查到他是中华民国第一任总理，一位杰出的外交官，后来曾担任家乡香山县的县长。1938年去世后，他将自己的私人官邸赠予家乡，这就是我岳母儿时能在他家的园子里玩耍的原因。我为自己的无知感到惭愧。

再进行了一些深入调查之后，我发现当她谈到唐家湾——

一个由数条村庄组成的城镇，其中一部分当时被称为香山县（今中山市）——的那些著名人物时，并没有夸大其词。香山县的一部分现在已被称为中山，这个地处中国偏远一隅，远离北京政府和上海这样的商业大都市的小县城，诞生了第一位带领一百二十名中国孩子赴美求学的人、第一位学习西医的中国医生、清华大学的首任校长、中国水师的首批提督之一、中国现代零售行业的创始人，以及晚清和民国初年几位重要的商业领袖。

感谢岳母大人为这本书提供灵感，我选择了十二位最杰出的香山之子编入此书。我问自己，在19世纪80年代的中国，这个只有几千人的小镇为何会诞生这么多杰出人物，并在中国历史上留下如此伟大而深刻的印记？是什么社会及历史事件导致这种情况的发生？这些人又是如何从落后的农村走进北京和上海的政府机构、银行和大学的呢？他们在前进的过程中克服了哪些挑战？

1949年，与许多香山居民一样，岳母与母亲和两位兄长之一离开了唐家湾。新中国成立之后，他们到了香港。边境线封锁了，她无法返回家乡。但是，她从未忘记那里的朋友和同学，并尽力和他们保持联系。1980年8月，邓小平宣布成立珠海经济特区，唐家湾也被纳入特区之内。1985年，在家人陪同下，岳母回到了家乡。这也是她自1949年离开后，首次回到唐家湾。所见所闻让她大吃一惊：许多居民都不会说粤语，而是说普通话。他们大多是在经济特区新机遇的吸引下，来自四川、江西和其他省份的移民。大量人口的涌入彻底地改变了这个小城镇的面貌。原先的玉米地和足球场已经盖上崭新的房屋和商店。在经历了最初的不适应之后，岳母却愈来愈有家的感觉。

她和老同学见面，用只有在村子里才说的广东方言和朋友交谈。我们找到了她出生和长大的房子，丝毫未变。从庭院和高屋顶吹来的过堂风比吹电风扇更让人觉得凉爽。她可以沿着窄巷走到唐绍仪出生的房间，只需五分钟就能走进唐家花园。这里是她曾经和小朋友们玩耍的地方，现在被称为“共乐园”。景色和她小时候在此嬉戏时一模一样：大片长满树的花园，小小的山坡，传统的凉亭、湖泊，还有唐绍仪和家人住过的房子。其中一间已经成为介绍他生平的纪念馆。那里的图片展现了他卓越的人生，有1912年就任总理时和孙中山先生站在一起的照片、会见西奥多·罗斯福（Theodore Roosevelt）和罗伯特·胡佛（Herbert Hoover）总统等美国朋友的照片，还有在唐家湾的家中设宴款待中国艺术和政界精英人物的照片。

岳母还带我们去了老电影院和文化中心。中心的礼堂悬挂着她谈及的村中著名子弟的照片。这是我第一次把他们的面孔和名字对应起来——这是一群自信、颇有建树的人。他们皮肤光洁，像是从事室内工作的人，而不像农夫或渔民。他们当中许多人都姓“唐”，和我岳母一样；唐家湾的意思就是“唐氏家族的海湾”。

我查阅了唐绍仪的生平。1874年，十二岁的唐绍仪是赴美留学的四十名学生之一。他住在马萨诸塞州斯普林菲尔德（Spring field, Massachusetts）的一户人家里，以优异成绩从康涅狄格州哈特福德（Hartford, Connecticut）一所高中毕业，随即进入纽约哥伦比亚大学（Columbia University）学习。他在那里仅学习了一年，就和其他学生一起被政府召回；政府害怕他们被“西化”，而失去了“中国性”。

唐绍仪在美国七年的留学经历使他回国之后颇具竞争力。他能说流利的英文，具有同乡们少有的西方知识和生活经历。19世纪80年代，中国处在殖民列强的攻击下，外国公司迫不及待地利用中国丰富的资源和产品，而羸弱的清政府毫无抵抗能力。

像唐绍仪这样的人物对政府来说是非常有价值的，他被派往朝鲜，从此开始了波澜壮阔的外交官生涯。

我发现自己向外界介绍的内容，其实正是著名的香山之子的成功秘诀。他们都背井离乡，有人去了澳门和香港，有人远赴美国、英国、澳洲和日本。在异国的土地上，他们和唐绍仪一样获得技术和知识，并带回祖国。他们勇往直前、雄心勃勃、坚定不移地追求人生的成就。所有人都在各自的领域为中国做出重要贡献，帮助中国从闭关锁国的封建王朝逐步成为现代化的国家。

书名中我们用了“香山”二字，这是唐家湾所属县的县名。在香山最著名的子孙——孙中山于1925年去世之后，人们为了纪念他，将香山改名为中山县，并沿用至今。不过，在本书中我们会使用主人公们所在年代的名称。

让我们从容闳的故事开始吧。他是一位先驱者，是最早赴美读书的中国人，也是第一位从耶鲁大学（Yale University）毕业的中国人。正是他构想出将中国学生派往美国，像他一样在美国留学的项目。一百二十名中国学子这样做了，其中包括唐绍仪。容闳正是第二个唐氏王朝的奠基者。

在此感谢澳门基金会对本书的支持。澳门基金会对本书的调研和写作给予了极大帮助。

目录

第一章
中国留学生之父

容闳
1828—1912
Rong Hong

引子

容闳是19世纪最杰出的中国人之一。他出生在广东香山县一个贫困的农民家庭，非常幸运地在澳门、香港和美国接受了西式教育。他是毕业于耶鲁大学的第一个中国人。

他是“发现”了美洲新大陆的中国哥伦布。容闳原本可以在美国享受舒适而富裕的生活。但是，他并没有这么做，而是选择回到家乡，投身于中国的改革和现代化进程。他身处的清朝政府傲慢而排外，这对他来说是巨大的挑战。

他前往美国为上海的江南造船厂采购设备，那是中国首次能够制造西方列强所使用的重型装备。

1870年，清政府接受了容闳的提议，派中国青年赴美学习，让那些青年像他一样，学习科学、技术知识，探索现代世界的奥秘。1872—1881年，他受命组织留学项目，负责将一百二十名中国学生送往美国的中学和大学接受教育——此前，该项目曾被清政府中的保守派取消。

这些学生回国之后，在教育、工程、外交、医学、工业、军事、商务和其他领域为中国的现代化进程做出了巨大贡献。他们堪称众多领域的先驱。在此后的三十年中，成千上万的中国人跟随他们的脚步，前往北美、欧洲和日本的大学学习，将掌握的技术和知识带回中国。

容闳是光绪皇帝强而有力的支持者，1898年改革失败后，他不得不逃亡香港。他还支持孙中山先生的革命党。当1911年10月辛亥革命取得胜利之时，他正在美国康涅狄格州哈特福德的家中。孙中山邀请他回中国任职，但他不幸于1912年4月12日辞世。

1876年，在百年庆典上，耶鲁大学授予他荣誉法学博士的荣衔，表彰他对中美文化交流做出的巨大贡献。2004年，耶鲁大学在他毕业一百五十周年之际，为他竖立了一尊雕像。

童年

1828年11月17日，容闳出生于佩德罗岛（Pedro Island）的南屏镇，这个岛位于澳门西南六公里。

容闳在家中排行第三，有哥哥、姐姐和弟弟。这是个贫困的家庭，他的父亲租了三亩地，养鱼养虾。由于南平没有学校，父亲便将他哥哥送往邻村的私塾里读书。

巧合地，容闳父亲的一位邻居和朋友是玛丽•温施拖•郭士立夫人（Mrs Mary Wanstall Gützlaff）澳门家中的佣人。玛丽是传教士卡尔•郭士立（Rev.Karl Gützlaff）的夫人，这对夫妇为中国的孩子成立了一所学校。这位邻居将学校的消息告诉了容闳的父亲，正是因为有了这样的引荐，1835年，容闳七岁入学。

“对我来说，父母为什么在深思熟虑之后将我送到外国学校学习，而没有去哥哥学习的正统儒家学堂，一直是个谜。”容闳在1909年出版的自传《西学东渐记》（*My Life in China and America*）中这样写道，“（去儒家学校）要比允许我去上一所英国学校更符合大多数中国人的情感、品味和需求。”中国学校是唯一通向职业发展、权力和财富的大道，“当时中外交流刚刚开始增多，我的父母预测这可能很快就会成为一种潮流，觉得值得抓住时机，让他们的一个儿子学习英文，这样他可能成为高级翻译并拥有更有利的社会地位，从而进入商业和外交领域。”

作为香山的居民，容闳的父亲要比大多数中国人视野开阔。自从三百年前葡萄牙人来到了澳门，香山已经极大地受到了澳门这个西方贸易和宗教中心的影响。许多香山人都去澳门工作并在那里定居，繁荣发展。容闳的父亲看到这种能使儿子同时在中国和西方世界中工作的机会；另一个原因是澳门的学校豁免学费和住宿费，但在中国学校则要收费。

无论如何，这是身在乡下的农民做出的非同一般的勇敢决定。他没有把儿子送到一所知名而完善的学校，而是送到一对外国夫妇刚刚创立的、在内地可能是非法的学校。

澳门学校

这所学校由英国传教士玛丽•温施拖创立，她前往马六甲教书，并在那里遇上德国传教士郭士立。他们于1831年搬到澳门居住，并于1834年结婚。

他们决定用自己的房子来做学校，为中国的孩子提供西式基督教教育，由玛丽担任老师和校长。这是中国第一所此类学校，经费来自为了纪念罗伯特•马礼逊（Robert Morrison）而成立的马礼逊教育协会（Morrison Education Society）。马礼逊是中国首位新教传教士，于1834年8月1日在广州去世，享年五十二岁。他被埋葬在澳门的新教公墓。

马礼逊教育协会是由富有的英国和美国商人创建的，他们仰慕这位将《圣经》翻译成中文，并撰写了首部六卷汉英词典的先驱。他们希望通过协会让他继续教育工作。协会的使命就是“通过学校和其他手段改善和提高中国的英文教育”。

澳门新教教堂位于白鸽巢公园附近，是以罗伯特•马礼逊的妻子的名字来命名的。教堂的土地和毗邻墓地是在1821年，马礼逊的妻子玛丽去世后购买的。

这所学校离圣保罗教堂遗址很近，那所教堂在1835年1月26日被一场可怕的大火付之一炬。

马礼逊教育协会每个月向郭士立夫妇提供十五英镑用于经营学校。学校于1835年9月30日开学，共有十二名女生和两名男生，容闳就是其中之一。额外的资金来自促进女性教育的印度及东方妇女教育促进会（The Ladies Association for the Promotion of Female Education in India and the East）。

由于丈夫大部分时间外出，沿着中国海岸线传福音，真正关心孩子们穿衣、吃饭并教育他们的是玛丽•郭士立。学校既有中文课程，也有英文课程。

容闳七岁的时候，父亲将他带到学校开始了全新的生活，他成为一名住宿生。他们离开南屏镇，乘坐一条小船来到了澳门。他们步行到学校，容闳见到了郭士立夫人。他这辈子从没有见过“大鼻子”，更不要说是身穿飘逸的白色礼服裙的“大鼻子”了。他充满恐惧，全身颤抖，并且紧紧抓住父亲。

“她个子有点高，身材健美。”容闳写道，“她突出的特征就是性格坚强、特立独行。她有一双清澈的蓝色眼睛，目光深邃。她的头发是淡黄色的，眉毛有点重。总体来说，她的相貌表明她具有极大的决心和意志力。与其说我有些困惑，还不如说我深感震撼——我的生命中从未遇到过如此奇特和古怪的人。”

幸运的是，她以善良和同情心赢得了他的心。因为容闳是班上最小的学生，她特别关心他，让他和女生一起住在学校的三楼，另一个男生则住在一楼。

容闳很快适应了新环境，而且开始喜欢自己的老师。但是，他和女生不被允许外出。他讨厌被关在学校里，于是在入学第一年的某天，组织六名女生进行了一次“逃亡”行动。当郭士立夫人还在用早餐时，他们跑到了附近的码头，乘上早已租下的一条双桨小船，抄近路回到他家所在的佩德罗岛。

但是他们的动作还不够快。夫人组织了搜查队，一条四桨小船赶上了他们。七个人灰头土脸地被带回学校，并在其他学生面前罚站一小时。容闳的胸前还挂着块牌子，上面写着“逃跑头目”。他站在六个女孩中间，“我这辈子从没感到这么丢脸”。

他没有再犯错。他全心投入学习，在这所西式学校里学习英文和其他课程。在清朝皇帝的四亿一千三百万臣民中，只有极小一部分人掌握这种知识。

1839年，中英关系由于鸦片问题日益恶化，战争一触即发。为了个人安全考虑，玛丽•郭士立决定离开澳门，前往美国。她带上了学校里的三名女盲童。

后来，她的学校关闭了，容闳和其他学生一起回到家里。他开始打工，在家乡的村子和邻村贩卖糖果。他早上3时起床，晚上6时才回到家。他把每天挣到的两角五分钱都交给母亲。春天，他开始在稻田里工作。

1840年秋，容闳的父亲去世了，这使他的母亲失去了主要经济支柱。儿女出去找工作谋生对她是至关重要的。后来容闳去澳门为一位天主教神父工作，神父需要找一个懂英文的人做文书工作。容闳把大部分薪水交给母亲。接下来的两个月，容闳帮助一位外国传教士在他的医院行医，准备各种药丸和药膏的材料，并陪他巡视病房。

马礼逊学堂（Morrison School）

与此同时，马礼逊教育协会希望为孩子们建立一所更大的学校，并开始在英国和美国寻找一位传教士经营这所学校。他们最终找到美国教育家塞缪尔•勃朗（Rev. Samuel Brown），他于1810年6月16日出生在康涅狄格州，毕业于耶鲁大学。这个人在容闳的人生中将会起重要作用。

勃朗先生在南卡罗来纳州的哥伦比亚（Columbia，South Carolina）学习神学，1834—1838年在纽约聋哑学院（New York Institution for Instruction of the Deaf and Dumb）教书。他很渴望成为一名海外传教士，就申请了在澳门的这个职位，而且被接受了。他和妻子于1839年2月24日抵达澳门。由于船主的帮助，他得到了从美国到澳门的免费船票。

1839年11月4日，他在马礼逊教育协会提供的一所房子里开始办学，当时有五名学生。学校教授小学算术、地理和阅读，上午用英文授课，下午用中文。每天都有八小时的课程、三小时在大操场上的运动和娱乐。孩子们不可以离开学校，每年春节的时候可以在家待一个月。

“这不仅仅是个教学机构，更是个教育机构。”1840年4月29日，勃朗先生在写给马礼逊教育协会受托人的一份报告中称，“其目标是从身体、智力和道德上全面培养人。”

容闳已经离开学校一年了，马礼逊教育协会的董事们还记得这位优秀的学生，非常希望他回来。1841年，医生把容闳带回了学校，他成为这里的第六名学生。学生的学费和住宿费由协会和私人承担。

1842年，作为鸦片战争的战果，香港岛被割让给英国政府，学校也从澳门迁至香港。政府向学校捐赠了海平面上一百八十多米的一片土地，那里仍被称为“摩理臣山”。

鸦片

正是创建马礼逊教育协会的西方传教士和商人的慷慨，才使容闳和他的同学有机会接受教育。澳门还有传教士医生，他们为人们带来以往从未得到过的高质量的医疗保健。

传教士相信他们为中国人带来文明的祝福，而这种文明正是来自他们的国家。在医疗、教育和宗教领域，他们这种说法是不无道理的。

但一个可怕的阴影笼罩着他们的工作——鸦片贸易。许多创建马礼逊教育协会的商人都为以鸦片为主要商品的公司工作。鸦片在印度种植，尽管政府明令禁止鸦片交易，鸦片仍在中国销售。

在1832年创立怡和洋行（Jardine Matheson）之前，威廉•渣甸（William Jardine）已经在东印度公司（East India Company）工作了十四年。这家公司的主要商品是鸦片、茶叶、丝绸和棉布。正是他在1839年说服了英国外交大臣帕默斯顿勋爵（Lord Palmerston）就鸦片向中国发动战争。他提供了一份详细的计划、地图、策略，甚至包括所需军队和军舰的数量。他是原马礼逊教育协会的董事会成员，也曾为建立澳门眼科医院做出贡献。

兰斯洛特•颠地（Lancelot Dent）也是原董事会成员并曾给医院捐款。他和他的兄弟一起成立了宝顺洋行（Dent & Co.），在规模上仅次于怡和洋行。这家公司也积极参与鸦片交易。1839年，中国时任钦差大臣、两广总督林则徐逮捕了颠地，强迫他交出店里的鸦片。正是这一事件引发了第一次鸦片战争。

1839年，林则徐在广东虎门捣毁了两万箱鸦片，每箱鸦片最少价值一千美元，这堪称巨大的损失。英国不愿意用昂贵的白银替代廉价的鸦片来支付中国货物的款项，便于1840年发动了这场战争。

许多中国人都将传福音同鸦片联系起来。传教士们最初就是乘坐装有鸦片的船只来到中国，又随船沿中国海岸线航行，抵达各个港口。马礼逊曾在广州为鸦片的主要供货商东印度公司担任翻译；容闳第一位老师的丈夫卡尔•郭士立，也曾乘坐鸦片船在中国的不同城市传教。

“一只手拿着鸦片，一只手拿着《圣经》”，是在未来一百年对西方传教士的指控。在19世纪下半叶，他们将成为这项贸易最强大的反对者，特别是那些见过鸦片对中国人造成毁灭性影响的传教士医生和牧师，这些中国人是他们的病人和会众。

容闳和他的同学们是幸运的。他们得到了外国人所能提供的最好的东西，而不是毁了他们千万同胞生活的鸦片。

前往美国

容闳和五个同学在香港马礼逊学堂的新校区平静地学习和生活，学生的数目后来增加到四十人。那里的氛围快乐而和谐。勃朗夫妇像对待自己的家庭成员一样对待这些学生，男孩子们则回报以挚爱和忠诚。

直至1846年8月的一天，容闳的人生从此改变。意想不到的事情发生了，勃朗先生告诉校委会，他和夫人的健康每况愈下，他决定返回美国。“我非常热爱这所学校，希望带走几个学生，直至他们完成学业。有谁想和我走，请站起来。”

大家都被这消息震惊了。他们非常喜欢勃朗夫妇，根本无法设想这所学校没有了他们会怎样。可谁又能想象越过大洋前往一个遥远而神秘的国家呢？

几分钟之后，没有任何动静。这时，容闳站了起来，另外两名学生黄宽和黄胜也跟着站了起来。勃朗先生让这三个人先征得父母的同意，毕竟这是个重大的决定。

“我母亲极为勉强地同意了。”容闳说道，“我特别诚恳地请求她，她虽然伤心难过，但最终还是屈服了。”他安慰母亲说，还有另外三个孩子和即将过门的媳妇可以照顾她，容闳的哥哥马上就要结婚了。

这三个人是首批前往美国的中国留学生，这是一个具有历史意义的时刻。正是英国和美国的赞助人使这一切成为可能。他们不仅希望帮助这三名学生完成学业，还同意为他们的父母提供两年的财务支援。

此外，戴维•奥利芬特（David Olyphant）和他的两个兄弟，免费为勃朗夫妇和男孩们提供了从香港到纽约的船票。他的两个弟兄拥有以自己名字命名的公司，他们让勃朗夫妇一行搭乘的“女猎人号”（The Huntress），是自己公司的一艘运茶船。它们是唯一拒绝从事鸦片交易的主要贸易公司，因此，公司的办公室被称为“锡安的角落”（Zion’s corner）。他们希望支持传教项目。

这条船于1847年1月4日从广州起航，经好望角到达圣赫勒拿（St.Helena），他们在那里见到了少量的中国家庭，并参观了拿破仑的空墓。他们一行人于1847年4月12日抵达纽约港。这是一个有四十万人口的城市。

勃朗牧师将三个男孩子带到马萨诸塞州的孟松（Monson），交给自己的母亲菲比（Phoebe）照料。她给他们安排的房间就在自己房间对面。每天她都为孩子们做饭，照顾他们。

三人进入孟松学院（Monson Academy）学习。这是一所成立于1804年的私立预科学校，也是美国东海岸历史最悠久的十五所精英学校之一，即便是大多数的美国人也无法进入该校学习。这里是进入社会统治阶层的阶梯，正如英国那些昂贵的私立学校一般。孟松学院正是模仿英国私立学校建立的。

这所学校的校长是查尔斯•哈蒙德牧师（Rev. Charles Hammond），他和勃朗牧师一样，毕业于耶鲁大学。他们想把这三个中国年轻人送到耶鲁。耶鲁和哈佛大学是美国最著名的两所大学。耶鲁的课程包括自然科学、人文学科、生物、文学、数学和哲学。

1848年秋，黄胜决定返回中国，另外两人则继续留在美国。他们于1849年夏天从孟松学院毕业，学制包括十二个月的希腊文和十五个月的拉丁文。容闳成绩最好的课程是英国文学，数学则比较弱，必须努力用功才能通过耶鲁大学的入学考试。

他们在香港的赞助人表示，如果他们愿意去苏格兰的爱丁堡大学（University of Edinburgh）深造，这些赞助人愿意继续给予支持。黄宽决定前往，并作为一名医生从爱丁堡大学毕业，他也成为首位接受西医教育的中国留学生。黄宽于1857年返回中国，并开始他作为医生和教师的辉煌职业生涯。（黄宽的事迹见第二章。）

进入耶鲁

容闳希望留在美国，去耶鲁大学学习。与此同时，他也承受着来自家庭的压力，尤其是他的母亲希望他能回国挣钱养家。他们也担心容闳会成为一名虔诚的基督徒，再也不回中国。

在他的家书中，容闳强调他留在美国只是为了完成学业，毕业后就会回家。1850年冬，母亲写信告诉容闳，他的弟弟已经去世了。“这封信让我难过了整整两个星期。”在写给广东一位朋友的信中，容闳说，“我灵魂的眼睛可以看到他们所处的困境，我应该回家。但是，考虑到目前的状况，我只有为他们祈祷。”

尽管遭遇这些困难，但容闳成功地考入耶鲁大学，他是耶鲁大学历史上迎来的首位中国人。对于来自广东乡村贫困家庭的儿子，这是一个令人震惊的成就。

但是，他无法负担学费和住宿费，于是向勃朗牧师和哈蒙德校长寻求建议。他们告诉容闳，只要容闳答应在毕业后回中国做一名传教士，他们愿意提供资金。

容闳对他们的提议表示感谢，但婉言谢绝。“我想要最大程度的行动自由，使自己能利用每个机会为中国谋求最大的福祉。”他写道。其次，他并不是一名非常虔诚的基督徒。再者，这样的承诺“将阻止我利用其他可能在中国这样一个国家的发展进程中出现的机遇，最大限度地为她服务”。

不过，他最终从佐治亚州的萨凡纳女士协会（The Ladies Association of Savannah, Georgia），以及为他提供从香港赴美免费船票的奥利芬特兄弟那里获得了资金。此外，他还在一所寄宿俱乐部里担任管家，他洗衣服、准备食品、做服务员，还当过图书管理员。通过这些途径，他赚到了足够的钱以继续学业。

容闳是全体学生中唯一的中国人。他最强的课程是英文写作，并因此获得过两项学业大奖——这对一名外国人来说是很了不起的。哲学也是他的强项，希腊文和数学就比较薄弱。他喜欢体育锻炼，尤其是足球。他留着清朝男人的辫子，踢球的时候头上的“猪尾巴”也会跟着摆来摆去，这不仅使他吸引了周围同学的注意，更惹来无数笑声。他参与大量课余活动，除了是大学划船俱乐部成员，还在合唱团里唱歌。

1852年10月，他成为美国公民。1854年，容闳与九十八名同学一起毕业，专业是英国文学。他是耶鲁大学历史上首位中国毕业生。许多人来参加毕业典礼，就是为了见见这个中国人。

1878年4月10日，在对法学院肯特俱乐部（Kent Club）的演讲中，后来成为他妹夫的约瑟夫•吐温切尔牧师（Rev. Joseph

» 容闳在耶鲁大学的毕业典礼上

Twitchell）这样描述容闳在耶鲁大学的经历：“他的国籍使他在很大程度上是个外来者，再加上他与生俱来的腼腆性格和贫困的家境，使他远离大学的社交活动。他没有什么知心朋友，但始终如一地保持自己的美德，这使他赢得了全班同学的尊重。”

返回中国

在耶鲁的最后一年里，容闳深刻思考着自己的未来，以及如何利用受过高等教育的优势。他对美国已经有了很深的感情，不仅成为了美国公民，更把这里当成了第二故乡。他在这儿结交了许多朋友。

但是祖国在他心中是最为重要的。他的朋友们写信告诉他1851年爆发的太平天国运动。基督徒洪秀全领导了那场运动，洪秀全相信自己是耶稣基督的弟弟。

太平天国运动达到高潮时，洪秀全的队伍控制了中国南方大部分地区。这场运动最终于1864年被镇压，两千万人丧生，大部分是平民百姓。这是中国历史上伤亡最惨重的军事冲突。

“中国可悲的境况不停在我脑海中萦绕，影响着我的精神。在我结束大学的最后一年学习之前，我已经勾画出自己应该做些什么。我下定决心让中国的年轻一代享受到和我一样的教育优势：通过西方教育，中国有可能得到重生，成为开明而强大的国家。实现那个目标成为我理想的指路明灯。我会竭尽全力向着那个目标奋进。”

容闳拥有了耶鲁大学的毕业证书，结交了许多朋友，并且获得了美国国籍，他完全可以在美国定居下来，享受舒适和成功的生活。许多公司和研究机构都为他提供工作机会，但是他全部婉言谢绝了。他甚至没有考虑过这种可能性。祖国一直在他的心中。他很清楚自己一旦回国，将面临各种怀疑和偏见，而这些正是源自他所取得的成就。

他确实很希望在美国多待几年，学习土地测量。“但是我很穷，朋友们觉得再待一段时间会让我永久留在这里，而中国也将永远失去我。”所以他决定返回中国。

1854年11月13日，他和威廉•艾伦•梅西牧师（Rev. William Allen Macy）一起乘坐快船“尤里卡号”（Eureka）离开纽约回国，梅西牧师将接替勃朗牧师担任香港马礼逊学堂的校长。

驶往香港的航程全长两万四千多千米，为期一百五十四天。容闳形容这是他人生中最无趣和乏味的一段旅程。乘客只有他和梅西两人。这艘船并没有货物或压载，这使得它在惊涛骇浪之中几乎没什么能保护自己。

船一到香港，他就跑到澳门看望母亲，这是他在过去近十年间第一次见到母亲。“相见时我们喜极而泣，内心充满了感激和感恩。开始的时候，我们的心里有太多的话无以言表。她开始浑身上下地抚摸我，表达她浓浓的母爱，她的心至少为我悬了十年。”

她问容闳作为耶鲁大学的毕业生，他得到了多少钱。“知识就是力量，力量比财富更伟大。”容闳回答她，“我是第一个毕业于耶鲁大学的中国人。在当时中国千百万位母亲之中，您是第一位，也是唯一拥有美国一流大学毕业生儿子的母亲。这份荣耀无人可及。”她很高兴听到这番话。随后，她命令他把胡子刮了，因为这并不适合未婚的年轻人。他马上照母亲的要求做了。

他承诺要尽最大努力照顾母亲。在她生命的最后三年之中，他经常去看望她。她于1858年过世，享年六十四岁。容闳当时人在上海，他赶回香山，参加了母亲的葬礼。

重学中文

1855年夏天，他搬到广州重新学习中文。在离开的十年间，他住在一位美国新教传教士的家里，已经把中文忘记了。他迅速恢复了童年时代的口语——粤语，但发现书面语很难掌握，毕竟他在马礼逊学堂只学了四年中文。

他家离一个法场不远，那里是两广总督叶名琛处决红巾军的地方。红巾军是此前两年控制了广东省的一支起义军。在6至8月间，叶名琛的军队将他们怀疑为红巾军成员的七万五千人全部斩首。

容闳参观了这个地方。“地面上完全是血流成河。车道两侧都是无头的躯干，成堆放在一起，等着被拉走埋掉。”法场周边的空气都弥漫着尸体的恶臭。此情此景是容闳对中国的恐怖记忆，曾经使他迫切地想要返回美国。他记述，回家之后“我觉得内心无比胆怯而忧郁，我对食物毫无胃口，当夜晚来临之时，我紧张得无法入睡”。

此后，他为一名美国医生传教士当了三个月的私人秘书，这位传教士是由美国在华外交官指派的。容闳每月挣十五美元，但他没有什么事可做。

随后，他搬到了香港，住在英国记者安德鲁·萧德锐（Andrew Shortrede）的家里。容闳在美国时，萧德锐曾资助过他。容闳成为香港最高法院的一名口译员，每月挣七十五港元，他开始学习法律。

此举引起了英国律师的抗议，他们担心只有容闳掌握英文和广东话，他将垄断所有关于中国的法律业务。他们成功地将容闳逼出了这个圈子。负责人礼貌地告诉容闳，他必须找处地方学习法律，但当时并没有这样的地方。

“我要是能在法律专业上获得成功，可能早就发财了。”另一方面，在香港停留可能会阻碍他在中国这样更大的舞台上一展所长。所以，1856年8月，容闳很开心地搬到了上海。

上海新生活

他在海关总署找到了一份翻译的工作，每月可以挣到一百墨西哥元。四个月之后，他愤然离开，因为他发现在翻译与中国船东之间，存在着一种司空见惯的贿赂体系。海关总署的署长曾提出将他的薪水翻倍，让他留下来。但是他却认为这是原则问题，非走不可。

后来，他成为一名英国茶叶和丝绸商人的文书。合伙人在六个月之后将公司解散，容闳回归翻译工作，他在这方面很有天赋。

此后他受雇于一家英国公司——宝顺洋行，担任内陆经销商。这份工作不仅给了他优厚的薪水，还让他有大量机会在国内旅行，了解自己的国家。他一路前往浙江、江西、湖南、湖北检查茶叶和丝绸的生产和销售。这次旅行花了他六个月的时间，从3月一直持续到8月。这是他第一次深入中国内陆。所见所闻坚定了他的信念，这个国家需要彻底的变革，而为了实现这个目标，他必须进入主流社会。

1859年秋，在两名传教士的陪同下，他前往南京会见太平天国的领导人。“我的目标是判断太平天国是否具备我所满意的特质，这些人是否适合建立一个取代清王朝的新政府。”

一行人抵达了南京。11月19日，他与太平天国领袖洪秀全的侄子见面。容闳表示，如果太平天国接受他提出的七项建议，他愿意为这支叛军服务。这七项建议包括：按照科学理论成立军队，分别为陆军和海军军官开设学校，建立现代化的银行体系，设立带评级标准的教育体系，把《圣经》纳入教材，建立工业学校的系统。

返回上海之后，他撰写了一份关于太平天国的评估。他认为根植于整个行政体制的腐败、官员对百姓的剥削，以及一个“建立在欺骗和谎言之庞大系统”之上的政府，正是发生叛乱的原因。

但他还是失望地离开了，因为他看到太平天国并没有建立一个新形式政府的、全新的政治理念或准则，他们并未给中国带来益处。“（太平天国带来的）唯一的好处就是，上帝用这股充满活力的力量打碎了一个伟大民族的停滞状态，并唤醒它追求全新国家生活的意识。”

他重新做起茶叶贸易，并成功地从太平军控制的区域运回了六万五千箱茶叶，他带领茶船穿越了叛军和土匪活动猖獗的危险区域。任务结束之后，他因压力病了两个月。他建立了自己的茶叶代理生意，经营了三年。

回国后的早期，容闳发现自己正身处两个世界之间——他既是中国人，也是西方人，但又不完全属于任何一个世界。他发现在香港和上海的外国人对中国人有很深的偏见。老外中的美国人对待容闳要比其他外国人好，因为他毕竟在美国留过学；而另一方面，许多中国人又觉得他太西化了。

那个时候，中国人在十八九岁到二十出头就会与父母选定的伴侣结婚，但容闳没有结婚，因为他无法接受这种婚姻。他是主流中的离经叛道者。

曾国藩

1863年7月，他收到了来自两江总督曾国藩的邀请。曾国藩在剿灭太平天国的过程中发挥了重要作用。那场动乱从1851年持续到1864年，两千万人付出了生命的代价。曾国藩是19世纪中国政府中最有影响力的领导人。

9月，容闳乘船沿着长江抵达南京，与曾国藩会晤。这是他生命中至关重要的时刻。当他走进屋时，曾国藩以强烈、敏锐的目光打量着他，这是容闳从未见过的目光。曾国藩询问他对中国时局的看法，容闳列举了自己对改革和公共政策的建议，曾国藩也谈了他的观点。

容闳感到很诧异。他甚至不相信中国还有这样的人——能够意识到国家衰败的根源，并了解采取哪些措施进行修正。曾国藩与容闳分享了对中国持有的愿景：中国必须引进西方的理念和技术，建设现代化工业。

曾国藩给容闳留下的印象太深刻了，当曾国藩邀请他加入政府工作时，他欣然同意，并放弃了利润丰厚的私人生意。他在分为九个级别的清朝官员系统中担任一名官员。终其一生，曾国藩都是容闳佩服的人。

曾国藩指示容闳出国，为位于上海西北四英里的机修厂购买机械。那里后来成为了投资百万的江南制造局。

容闳得到六万八千两白银用于此次采购。他于1864年初春抵达纽约。一位当机械工程师的美国朋友找到了能够完成这笔订单的公司——位于马萨诸塞州的普特南机器有限公司（Putnam Machine Co.）。

根据珠海容闳与留美幼童研究会秘书长杨毅所说，在这次访问期间，容闳曾主动请缨参加美国军队与南方同盟的战斗，他认为这是作为美国公民的责任。但是招聘人员拒绝了他的请求，说他正在完成一项中国政府赋予的使命。如果他在战斗中死亡，还有谁能够完成呢？

这家公司需要一年时间完成订单，并将机器直接从纽约发货运往上海，途经好望角的开普敦。1865年早春，设备抵达上海，运行状态良好。曾国藩非常高兴容闳能够顺利完成任务。

为了表彰容闳的成绩，1865年10月，他获晋升为五品官，担任口译和笔译，月薪高达二百五十美元。他设立了翻译局，在未来的十年中翻译了超过一百部著作，其中包括帕森斯的《合同法》（*The Law of Contracts*），关于英国法律的书，大量科尔顿地理图书和制造业书籍，还有西方一本每年出版四次、介绍时事政治的杂志。

1867年，曾国藩见到了兵工厂的竣工，非常高兴。容闳说服他增建一所技工学校，教授机械工程，从而使中国人能够摆脱外国人独立工作。后来，在1873年春天，他用十万美元采购了五十把加特林枪，此后又陆续完成其他订单并运回中国，这使中国拥有了最现代化的武器。

江南制造局后来成为东亚最大的武器工厂，于1868年生产出第一艘国产蒸汽船。在改革派建立的兵工厂中，江南制造局的预算最充足，每年有四十万两白银。这里大多数的高级技术人员都是西方人。

容闳为政府完成的另一项任务是撰写中国在秘鲁劳工状况的报告。他在两位美国朋友的帮助下，于1873年完成这份报告。撰写报告历时三个月，其中包括许多在夜间秘密拍摄的照片：劳工们后背撕裂，伤痕累累，甚至被毁容。他将报告送到北京。这份报告引起了众怒，劳工的交易也被终止。

1868年，他向政府提出了四点建议：一、组织一家股份制轮船公司，完全由中国人拥有及经营。轮船将携带大米，从上海和其他南方城市驶往北京。二、派遣一百二十名学生前往美国，学生分为四批，每批三十人。他们的年龄从十二到十四岁，将用十五年完成学业。这项计划应该无限期地进行下去。三、发展矿业和铁路，不过中国当时没有矿山工程师。四、严禁外国传教士在民事或刑事案件中，对其皈依者行使管辖权。

容闳将这四点建议提交给时任总理衙门大臣文祥，但是他不久后就去世了，也就没有人考虑这些建议。容闳深感失望，大部分时间都独来独往。

此后，在1870年冬天，政府接受了派遣学生赴美留学的建议。容闳的主要论点是，在与其他国家的交往中，中国没有几位训练有素的人可以代表中国。其结果是，许多重要的岗位，如炮台、军舰、军队和海关都由外国人把持，他们又会忠于谁呢？

这种观念的改变正是受了曾国藩和李鸿章的影响，他们两位是政府中最重要的改革者。李鸿章是清朝晚期最重要的人物之一，尽管遭受来自政府多方面的强大阻力，他仍竭力推动中国的现代化进程。

政府筹集了一百五十万美元完成这项计划。容闳无法掩饰内心的喜悦。两年之内，他寝食难安。这已经是他回国以来的第十六年，是他构思这个想法的第二十个年头了。没有他的决心和坚持，这个计划永远不会付诸实现。

教育项目——终身使命

1870年冬，容闳前往南京拜见曾国藩，并处理项目细节——设立预科学校、预算学生的数量、资金从哪里来、学生将在美国学习几年等。

政府将支付所有学习和生活的费用，并将设立一个中国教育署，组成人员包括两位传教士、容闳、秦林品、两名中文老师和一名翻译。秦林品供职于翰林院，派他前往是为了让学生保持他们的中文知识。

作为支付全部费用的条件，政府定了几个规定：学生们必须在完成学业后返回中国，为政府工作；他们不得剪掉辫子，不得皈依基督教，不得谈恋爱。

最初，政府决定派十五至十九岁的孩子赴美，后来改为九至十五岁。因为他们希望学生回国之前在美国生活十五年，中国人当时的平均寿命为五十至六十岁，当中须在父亲去世后守孝三年；假如学生在十九岁时出国，回国时三十四岁，而后再有三年的守孝期，这就意味着他们能为国家服务的时间可能不到二十年。

经过层层选拔后，年龄在十二至十五岁的学生赴美之前要先读一年预科，预科学校设在上海。他们的父母和监护人要签署一份协议，同意让他们离家十五年。此项计划于1871年夏天开始实施。

容闳的下一个任务，就是找到愿意将自己那么小的孩子送往美国这样一个偏远而陌生国家的家庭。大多数中国人认为把孩子送到那么远的地方很危险，就好像完全放弃了他们。他们觉得美国是蛮荒之地，对西方世界完全没有概念。

由于当时中国没有报纸，容闳不得不亲自招收学生。他去了广东和东南沿海地区。在访问家乡南平期间，他捐赠了五百两白银建立甄贤学校。

寻找申请人非常困难。官宦商贾之家不会签署这样的协议，只有穷人家才有可能。他前往南平和邻近村庄，与亲戚朋友交流。即便如此，他都无法找到足够的学生。他不得不前往香港，并签下了几位学生。就这样，他终于凑够了最初的三十人。

大多数申请人是广东人，其中多半来自香山。容闳的名誉和声望赢得了家长的信任。在一百二十名赴美留学的学生中，有八十四人来自广东，其中三十九名来自香山，几乎占了全部学生的三分之一。难怪香山是中国现代化进程的摇篮。排名第二的是江苏省，有二十二名学生，其中八名来自上海。另有七名来自浙江、五名来自安徽、两名来自福建。

开始使命

容闳和第一批的三十名孩子于1871年8月11日出发。年轻学子的心中交织着恐惧、孤独和兴奋的情绪。这是他们第一次离开中国，对于即将前往的那个陌生而遥远的国度，他们一无所知。

抵达加州后，他们乘坐火车前往东海岸。他们从车窗外看到的是野生动物和印第安部落。他们不懂英文，无法和周围的人交流。他们抵达了康涅狄格州的哈特福德，容闳决定将这里作为项目总部所在地。

容闳做出了一个明智的决定。正如他三十年前与马礼逊学堂的其他学生所经历的那样，如果年轻人能够住在当地的家庭，他们将最快地适应美国的生活，并能够最快地学习英文。

共有一百三十二个家庭申请接收中国学生，他们大多是医生、传教士、律师和教授。容闳了解，如果每个学生可以和一名中国同学一起生活，将会更容易适应，于是他决定每个家庭接收两名孩子。共有四十七个家庭被选中。

接纳这些学生的家庭就像对待自己的家庭成员一样对待他们，他们和孩子们一起吃饭，周日带他们去教堂参加礼拜。

这是一种突如其来的觉醒：一切都是全新的。孩子们不得不首次习惯吃西餐，即使在今天对中国学生来说，这也绝非易事。与所有清朝男人一样，学生都留着辫子，当他们在外面时，常被美国孩子追着喊“中国姑娘”。

他们不仅要完成学习英语、适应陌生的新生活这样的艰巨任务，还要继续学习中文——这是他们的政府批准该项目的条件之一。容闳在哈特福德租用的房子里有供孩子们学习中文的教室，这意味着他们的作业负担比美国孩子更重。上课时，他们要向清朝皇帝和孔子的画像鞠躬。如果没有完成中文作文，老师还会打他们。

1875年1月，容闳将总部搬到了更宽敞的一幢三层小楼，可以为传教士、老师和学生提供住宿。中国政府付了五万美元建设总部，总部中就包括学习中文的教室。总部墙上挂着三位促成此

》清政府派往美国的第一批留学生，1871年启程之前摄于上海

项目的中国决策者的头像：曾国藩、李鸿章和江苏巡抚丁日昌。

“我之所以要为此项目建设永久总部，就是希望将这个教育项目深深地根植于美国，从而使中国政府没有任何机会反悔。”容闳说。

三年后，孩子们的英文已经足够好，可以上学了。他们加速适应环境，就像来美国的其他年轻移民一样，他们抛弃了原有的生活，接受新的生活。因为留着辫子，他们常常遭到戏弄，有些人就把辫子剪了。但当他们拜见清朝官员时，会戴上假辫子。他们不穿中式服装，而穿美式服装。

许多人都失去了学习中文经典的兴趣，觉得这些课程毫不相干；他们也不想朝拜孔子，或是遵守清朝的礼仪旧制。他们必须完成和美国学生一样的课程：学习拉丁文、希腊文、数学、地理和历史。

他们当中还有人约会美国女孩，坠入爱河。他们和美国同学一起参与运动，加入篮球队和足球队。有人甚至组织了第一支中国棒球队。此后，有好几名中国学生是耶鲁大学划船队的成员，数次战胜他们的老对手哈佛队。

有些学生受洗成为新教基督徒，少数人变得非常虔诚，并组织一批人让中国人皈依基督教。这种宗教信仰的改变已经被清政府明令禁止。其中一名学生在信中告诉父母，他皈依了基督教，此举非常不明智。他的父亲将此事报告给政府，政府于是命令他立即回国，因为他违反了三大禁令之一。中国官员把他送到火车站，准备开始返国之旅。但他并没有坐上火车，而是留在美国度过余生。

19世纪70年代后期，他们开始从中学毕业，升读大学。许多人像容闳一样，进入了耶鲁大学深造。

看着他们逐渐成长进步，容闳喜出望外：“当这些年轻人抵达新英格兰时，沉重的压迫感从他们脑海中销声匿迹。他们因为得到自由而欢欣鼓舞、兴高采烈，难怪他们如此快乐活泼地投入各种体育运动。”

容闳正在实现他毕生的事业。他的计划是创建一个知识精英阶层，完成中国的改革和现代化。他希望这能成为一项永久项目，让成千上万的学生来接受西方教育，并服务于中国。

容闳的项目总部是哈特福德最大的建筑，包括他本人和其他官员、员工的办公室。

任务中止

最初的四年，事情进展都很顺利。容闳与另外一名官员陈兰彬相交甚好。陈兰彬是清政府派来维护自身利益的官员。

1876年，陈兰彬返回中国，由吴子登取而代之。虽然他原则上支持这个项目，但他更为传统，是朝廷中保守派的代表。抵达美国后，他对自己的所见所闻非常震惊，尤其是学生的

“美国化”，他感觉学生正在失去他们的“中国本性”。

当他发现有两人违反官方命令成为基督徒之后，他命令他们回家。这两个学生知道将有怎样的惩罚等着他们，便无视命令，在朋友的帮助下继续完成学业。

吴子登严厉地批评了那些剪掉辫子的学生，并下令增加中国传统礼仪方面的课程。这反映出在中国本土正进行一场激烈的争辩，关于传统与改革、经典教育与西式学习。

在美国待了五年之后，学生都有了自己的主见。他们不想听从吴子登的意见，只服从容闳。吴子登决定不允许学生们继续待在美国，因为中国将“失去”他们。于是，他开始在朝廷努力实现这一计划。他甚至写信给负责外交事务的李鸿章。

尽管容闳了解美国的一切，但是吴子登的官位要高于他，而且吴子登知道如何在北京的官场开展游说活动。容闳对此完全无计可施。

在他的信中，吴子登辩解说此项任务以失败告终，因为它已经把那些年轻人变成了不可能为中国服务、却听命于外国主子的美国人。挽救当前局面的唯一办法就是召回所有学生，尽管大多数学生已经在中学或者大学学习。他提供的许多信息都是误导和不真实的。

容闳在北京也有自己的支持者，但是他并不了解中国官场的规则，也不知道如何响应。他不知道如何撰写上书，或者该通过怎样的渠道正确将书信上呈。针对那些指责，他为自己辩护，但是收效甚微。他的三个支持者中，曾国藩已经于1872年3月去世，李鸿章的势力也不如十年前那么强大。他进退维谷，举步维艰。

在这期间，有利于吴子登的转折性事件是美国国务院拒绝中国学生进入位于西点（West Point）的西点军校（The United States Military Academy）和位于安纳波利斯（Annapolis）的安纳波利斯海军学院（The United States Naval Academy）学习。这两所是美国陆军和海军最重要的学校，日本学生却被允许入学。

如果中国要抵御列强对其资源和主权的蚕食，急需将军队现代化。而在朝廷上，吴子登和保守派则将这种拒绝视为美国对中国抱有偏见和不友好的明证。

当时在美国升起一股反华情绪，主要是在美国白人的工人阶级中，他们认为中国人对他们的工作、社会地位和薪水构成威胁。

1881年，政府下令所有学生回国，只有三人从大学毕业。

容闳并没有接受这个决定，他动员许多在美国的朋友，帮忙说服中国政府。包括耶鲁大学校长诺亚•波特（Rev. Noah Porter）在内的一些高层人物，都向清政府的总理各国事务衙门表示抗议。

诺亚•波特在信中赞扬中国留学生的良好行为和勤奋努力。“正是由于他们的优秀表现，许多对中国人无知和邪恶的偏见已经得到消除，被更加友善和正面的情绪所代替。”信中要求中国政府重新考虑召回学生的决定。

容闳的一些朋友甚至接触到美国前总统尤利塞斯•格兰特（Ulysses Grant），格兰特写了信给李鸿章。李鸿章也希望同学们留下，但朝廷里保守派的势力实在是太强大了。

各种努力最终宣告失败。1881年6月和8月，大约二十名学生违抗命令，留在美国。回国的九十六名学生被关在上海的某礼堂，重新学习如何具备“中国性”，甚至连中秋节也不允许外出。在那里停留一段时间后，他们被分配了工作。其中一人被派往广州教英文。

许多人的学业都被突然中断，这使他们无法毕业。尽管如此，返回中国的这些学生都在不同领域为自己的国家做出了贡献，包括矿业、铁路、电信、教育、外交、商务和军事。

尽管这个项目仅持续了九年，但它对中国产生了深远的影响，不仅通过回国学生们做出的贡献，更是由于该项目为将来成千上万中国人树立的榜样，使他们愿意前往美国和其他国家学习新技术和思维方式。容闳理应为他的成就感到骄傲和自豪。

随着美国于1882年通过《排华法案》（*Chinese Exclusion Act*），北京对该留学项目的支持也宣告结束。项目结束时，一百二十名学生中有一人死亡，七人因不同原因提前返回中国，剩余的人完成了学业或正在学习。

心碎

项目的取消让容闳非常伤心。他终身的使命就是将中国学生带到美国，他用了二十年时间才将其实现，现在却眼看着大清朝廷保守主义和排外主义将其彻底毁灭。

但是，作为清政府的忠诚官员，他和学生一起返回中国，并去拜见了自己的上司。他在北京待了三个月，其间制定了抑制在华的印度鸦片贸易，以及取消在中国和印度种植罂粟的计划。他将计划提交给政府，但却未被付诸实施。与很多其他事情一样，容闳的思想要远远领先于他的同胞们。

1883年，他仓促返回在康涅狄格州哈特福德的家中，照顾他的美国妻子。

他第一次结婚是在1868年，娶了朋友介绍的一位姓郑的苏州女子。他当时已经四十岁，在那个年代对中国男人来说，这个年纪结婚已经很大了，这是他非典型生活的结果。大多数中国人在父母的安排下，二十来岁就结婚了。

但是当容闳带着学生一起赴美之后，这段婚姻并没有持续下去。容夫人一直留在中国，从未出国，直至1911年去世。

1875年3月，他娶了二十四岁的美国姑娘玛丽•凯诺格（Mary Kellogg）。他们是经朋友介绍认识的，当年容闳已经四十七岁，而她则成了他一生的最爱。

他们有两个儿子——1876年出生的马礼逊（Morrison Brown

» 容闳的美国妻子玛丽·凯诺格

Yung，容觐彤）和1879年出生的巴特利特（Bartlett Golden Yung，容觐槐）。正是为了看望妻子，容闳于1883年春回到了哈特福德。他已经离开了将近十八个月。“我发现我的妻子状态非常消沉。她已经不能说话了，只能用沙哑的嗓子和我打招呼。她非常憔悴。”

造成她这种状态的部分原因正是担心容闳在中国的安全，害怕他因为赴美留学的项目而遭到报复。

在接下来的三年里，他尽其所能给她最好的照顾，带她去美国更温暖、更干净的城市生活，以改善她的健康状况。但是，他无法挽救她的生命。1886年6月28日，她死于急性肾炎，一种肾脏疾病。她被安葬在城里的雪松山公墓（Cedar Hill cemetery），去世时年仅三十五岁，而他们已经结婚十一年了。

在学生赴美的项目失败之后，这是第二个致命的打击。“她的去世给我的生命留下了无以弥补的空白，但是她并没有让我彻底绝望、备感孤独。她给我留下了两个儿子，他们经常让我回想起她美好的生命和迷人的性格。”

在接下来的十年中，容闳在岳母的帮助下，将大部分时间投入养育儿子之中。两个儿子都跟随父亲的足迹，进入耶鲁大学学习。

对日战争

当容闳身在美国时，他一直密切关注祖国发生的一切。时局愈来愈糟。经过二十五年高速的工业和军事现代化进程，日本希望仿效欧洲殖民列强的做法。列强利用中国的羸弱和混乱来取利，日本也想这么做。1894年7月，针对哪个国家将控制朝鲜，中日之间剑拔弩张。而日本军队却接连告捷。

“我很同情中国一方，这并不是因为我是中国人，而是因为中国本来就拥有这项权利，而日本只是找借口发动战争。”他这样写道。

于是容闳想出了一个计划——和伦敦的银行谈判，获得一千五百万美元的贷款，用以购买三到四艘装甲战舰随时准备投入战斗；此外还买下五千人的外国武装部队，这支部队将在太平洋沿岸打击日本，分散其注意力并把日本在朝鲜的部队转移走，为中国争取招募新陆军和海军的时间。

此外，政府将设立委员会，把台湾以四亿美元抵押给西方大国，将钱花在国家陆军和海军上，进行这场战争。

让容闳吃惊的是，政府于1894年冬天批准了计划的第一部分。这是清政府绝望和无力抗击日军的表现，他们不得不依赖外国的士兵和水手进行抵抗。

于是容闳去伦敦协商贷款事宜，银行提出的条件是中国必须用其海关关税作为担保。他们深深质疑清政府的效率和廉洁，但对由英国人罗伯特•哈特（Robert Hart）担任监察长的海关部门充满信心。

这笔交易就此陷入停滞状态。北京的清廷就是否接受交易产生了分歧。哈特不得不听从慈禧皇太后支持的和平派的意见，获得和平将涉及支付一大笔赔款，而哈特拒绝使用海关收入支付赔款。因此，清政府并未取得贷款。

容闳也没有得到关于抵押台湾计划的任何消息。

这场战争以日本的胜利而告终，日本接管了朝鲜，并占领辽宁省南部和山东省的港口威海卫。两国于1895年4月17日签订《马关条约》，中国承认朝鲜的完全独立，并将辽宁南部、台湾和澎湖群岛割让给日本。中国还支付库平银二亿两的战争赔款，那相当于日本政府年收入的六倍。

沉默的总督

被日本打败，令中国朝野上下为之震惊，此前预计中国能够轻松取胜的外国列强也颇感意外。日本是一个附庸国——怎么会发生这样的灾难？一个资源匮乏的小小岛国怎么可能打败大清帝国？

和其他许多人一样，容闳相信这将为他三十年来一直倡导的激进改革开辟新的道路。所以，在把两个儿子委托给亲戚照顾之后，他决定返回中国。他期望这次战败可以改变清政府高级官员的心态，使他们能准备接受新的观念。

1895年初夏，容闳抵达上海。他不得不花一大笔钱置办了整套朝服。他去南京拜见江苏和浙江巡抚，向他们提出雄心勃勃的计划。

容闳建议政府委任四名实践经验丰富、能力出众、品德端正的外国人担任外交部、财政部、陆军和海军部门的顾问。政府应与他们签署为期十年的合同，并且可以续约。顾问提出的建议应该被采纳并执行。容闳和有能力的留学生可以经选拔在他们手下工作。这样，政府会逐渐以西方基础重建。日本能做的任何事情，中国都能做得更好。

总督张之洞面无表情地听着容闳激情澎湃的演讲，对他的建议不置可否。这次和1863年与曾国藩的会面有天壤之别，曾国藩的态度给了这位年轻的归国者很大的鼓舞。自此，容闳再也没见过张之洞。

容闳被任命为江南外交秘书，月薪一百五十美元。但是，没有人邀请他参与会议，或者征求他对各种政策的意见；很明显，没有人需要他的服务。所以，在南京待了三个月后，他辞职去了上海。由于身份不再是官员，他可以按照自由意志发表言论、著书立说。

国家银行与铁路

容闳的另一个建议是成立一家国家银行，启动资金为一千万两白银。他以美国银行的立法为参照，极为认真地准备文本。随后，他将文件呈给户部的两位高级官员，包括户部尚书翁同龢。他们给予他极大的帮助，删除了那些在中国不适用的条款。

正是这两位官员将容闳的建议书呈给清政府，项目得以推进：政府成立了一个委员会，负责为银行选址。容闳要求前往美国，与华盛顿财务部的专业人士探讨他的建议。

但是，容闳的建议由于受到中国最富有、最有实力的企业家之一——盛宣怀的干涉，而以失败告终。盛宣怀在北京的眼线一直将项目的信息告诉他，而他认为这个项目的推进将损害他的利益。

按照容闳的说法，盛宣怀来到北京，向两三位亲王和其他高官行贿三十万两白银。他们将项目取消，并给盛宣怀拨款一千万两白银，用于成立自己的银行。

“国家银行项目的失败根源就是中国官场体系的彻底腐败。从位高权重的皇太后直至清廷最人微言轻的官员，无不如此，整个政治框架就像一个用贪污构建而成的蜂窝，在中国只要有钱，没有什么事办不到的！”

他没有被挫折吓倒，提出了另一个项目——建设从渤海湾的天津港到江苏省长江上的镇江港，长达五百英里的铁路线。

政府最终向容闳做出让步，条件是他要保证在六个月之内完成任务。没有中国企业家愿意资助此项计划，他不得不向外国公司筹集资金。不幸的是，他无法筹得资金，而不得不放弃此项目。

政变

在北京期间，容闳遇到了康有为、梁启超和其他与年轻的光绪皇帝交往甚密的改革派人士。光绪皇帝1875年继位，当时只有四岁。从1889到1908年，他实际上是在慈禧太后的干预和影响下统治中国的。

容闳和改革者们有许多共同的理想和观点。1898年6月，光绪皇帝推出一系列广泛的政治、法律和社会领域的变革措施，这也是清朝历来影响最深远的改革。这些措施包括在北京建立一所现代大学、修建铁路和设立类似西方的预算制度。光绪皇帝的目标是以日本为榜样，使中国成为君主立宪制的国家。

光绪帝还遣散了数以百计的官员，他认为这些官员人浮于事。以慈禧太后为首的保守派勃然大怒。对他们来说，这些改革是激烈而危险的。她组织了一场军事政变。9月，军队包围皇宫并拘捕了皇帝。慈禧太后颁布诏书，指光绪不适合当皇帝，他有效的统治时期已宣告结束。

政变组织者开始了对改革派的政治迫害。一些人被公开处决，其他人则四散逃离，容闳也在他们之中。政府以巨额悬赏通缉他。

“因为受到窝藏改革者的牵连，并对他们深感同情，我不得不逃命，并成功逃离北京。我逃到了上海的租界暂避。”他写道。容闳在上海组织了一个协会，讨论当下的主要问题，特别是改革问题。他获选为协会第一任会长。

1899年，有人建议出于个人安全考虑，他应该离开上海。于是，他搬到了香港这处安全的地方。

1901年春，容闳赴台湾访问并会见了台湾总督儿玉源太郎，他是日本帝国部队的创始人之一。儿玉源太郎微笑着告诉容闳，清政府请他逮捕容闳交给他们。“我不会扮演中国警察的角色，因此你现在是安全的。”

儿玉随后拿出一份中文报纸，上面有一篇关于抵押台湾筹集资金与日本作战的计划的文章，他问容闳是否就是这篇文章的作者。容闳承认了，并向他详细讲述计划的细节。“如果再有类似的情况，我会毫不犹豫地提出同样的建议以抗击日本。”他回答道。

儿玉源太郎很高兴容闳能如此坦诚，给他派了保镖，在容闳短暂的台湾之行期间提供二十四小时的保护，避免有人刺杀他。

“那次会面是我人生中一段难忘的经历。”容闳回忆道。他没有被移交给清政府，也没有被日本人逮捕，反而被奉若上宾。

最后的岁月

1898年，美国国务卿约翰•谢尔曼（John Sherman）通知容闳，他持有了五十年的美国居民资格已经被收回，他将不被允许再次入境。尽管容闳已经提交了归化文件和由美国国务院颁发的几本护照的复印件，谢尔曼仍然做出了这样的决定。

“现在拒绝承认他已经行使多年的特权，表面上看来是有些不公正而且缺乏理据。”谢尔曼在决定中写道，“然而，考虑到由我们国家最高法庭制定的有关归化法的一些建设性意见，国务院认为承认他是美国公民是不恰当的。”他指的是1882年的《排华法案》。

然而，在朋友的帮助下，容闳从香港非法返回美国。他赶到得很及时，见证幼子巴特利特1902年从耶鲁大学毕业。容闳住在哈特福德的家里，生活贫困。

1911年5月，他在家中风。

1911年革命胜利之际，容闳欣喜若狂。孙中山先生请他回国，当时他年事已高。他让两个儿子返回中国，为国家服务。

1912年4月21日，容闳在哈特福德的家中与世长辞，享年八十四岁。他被葬在城市周边的雪松山公墓，在他妻子的墓旁。葬礼上，牧师在布道时说："如果他不是年事已高，他肯定会参加革命。他对中国忠心耿耿，直到生命的最后一刻。"

纪念

1933年3月，上海交通大学耗资十三万一千八百多元人民币设立了拥有六十二间展室的容闳堂。这里成为该校的主要的行政中心，二楼设有容闳的铜像。这座铜像后来被移往大学的校史博物馆。

1998年，康涅狄格州州长约翰•罗兰（John Rowland）将9月22日定为"容闳及中国学生纪念日"。5月5日，他的雕像与乔治•布什（George Bush）和比尔•克林顿（Bill Clinton）等人的雕像一起，放置在耶鲁大学名人堂。

在纽约唐人街，一所公立小学以容闳的名字命名。珠海有一所幼儿园和两所学校都以容闳的名字命名。广州的中山大学亦竖立了他的雕像。

他的家乡南平镇目前是珠海经济特区的一部分。容闳在1871年用五百两银子建成的甄贤学校部分被保留了下来，1902年他最后一次去了那所学校，那时他刚从政府离任，准备逃往海外。他询问学校是否已经改用西式课程。1906年，尽管流亡在外，容闳仍获授予荣誉校长之职。

学校后来不断扩建，增加了几座教学楼和一片大操场。2007年，原来的学校关闭了，迁往新校址。旧教学楼成为了“容闳纪念馆”，楼前矗立着这位奠基者的雕像。“计划是将学校剩余的部分建成赴美留学学生的纪念馆。”学校教导主任说，“但是由于这部分资金没有到位，这座教学楼一直关闭。”按人均计算，珠海是中国最富有的城市之一，城里有数以千计的闲置公寓。我们很难理解为什么会缺乏资金，但却感到他们对这座城市最著名的儿子缺乏尊重。

纪念馆确实很难找到——没有路牌标识，即便在村里，也甚少人知道它的存在。纪念馆内大门紧闭，并且没有外部标牌。即便如此，博物馆本身是充满回忆的——一层的灰砖建筑里有六个教室，因为容闳希望家乡的孩子即使家境贫寒也能接受教育。

纪念馆里展示了容闳和他带到美国学习的学生的许多照片和资料。他们都身穿年轻富有的美国人穿的礼服，佩戴领结，风度翩翩。但他们的表情却显得惴惴不安，好像在问这些衣服穿在他们身上是否得体。“我属于这里吗？我是中国人还是美国人呢？”

馆里还有他们在美国生活和学习期间，坚固的大学教学楼和公寓，以及寄住的美国家庭和教师们的照片。当中有许多虔诚的基督徒，将留学生带到自己家里生活。这些人的脸上充满了西方殖民主义者的友善与同情，他们中的许多人一生都与这些中国来客保持联系。

馆内还藏有一些珍贵的照片，有一张展示位于哈特福德壮观的四层建筑，那正是容闳教育项目的总部所在地——它的建立是希望把计划延续百年，而绝非清政府给予的短短十一年时间；有一张是1894年容闳和其他耶鲁校友的合影；有一张是他在哈特福德居住了十六年，并度过晚年的简朴故居的照片；还有一张是城里容闳的墓地和墓碑的照片。

馆藏中有一份留学生的名单，包括他们的姓名、出生日期和籍贯。超过一半的人来自广东省，很大一部分来自香山。当时的口号是“教育救国”，这是容闳毕生的信念，也是当时那些中国的年轻人和国家的信念。

馆内还有获得庚子赔款奖学金的一千八百名赴美留学生的部分照片。其他留学生则远赴英国、法国、德国、比利时和俄罗斯。在某种意义上，他们都是容闳的“孩子”。

》1871年，容闳在香山设立甄贤学校，今天学校前门竖立着他的雕像

》今天珠海的容闳书院

第二章

第一个欧洲习医的中国人

黄宽

1829—1878

Huang Kuan

引子

与广东香山其他赴海外留学的孩子相比，我们对黄宽知之甚少。他去世时年仅四十九岁，并没有为自己留下只言片语。然而，他却是中国接受西医系统培训的第一人，也是第一位从欧洲大学毕业的中国人。他曾为专业学术刊物撰写了大量医学文章，并将大批医学文献从中文翻译成英文。作为外科医生、全科医生和医学教师，他的生活总是忙忙碌碌，这使他几乎没有时间写日记或是回忆录。黄宽没有孩子或是继承人，也就没有人收集他的私人物品，并且宣扬他的毕生成就。

尽管如此，我们所了解的已经极富戏剧性了。1846年8月的一个清晨，黄宽是仅有的三位勇敢接受勃朗牧师提出的挑战，赴美求学的学生之一。黄宽牢牢地抓住了这次机遇，在马萨诸塞州的孟松学院完成了中等教育之后，他前往全球领先的苏格兰爱丁堡大学攻读医学。他是第一个接受西医培训的中国人，也是首名毕业于欧洲大学的中国学生。

学成之后，黄宽返回中国，开始他杰出的职业生涯。在当时的中国，只有几百位受过西医培训的医生，其中大部分都是外国人。黄宽作为广州一名优秀的医生，做过几千例手术，包括首例剖宫产手术。他在当时全国知名的广州博济医院工作了十九年，享负盛名，不少慕名而来的国内外患者，都指定要他施行手术。当医院的美籍院长不在医院时，甚至由黄宽代理履行院长之责。而当中国海关遴选十七名医生，提供全新的医疗服务时，唯一入选的中国医生就是他。他的生命虽然短暂，却留下了深深的足迹。

坎坷童年

1829年，黄宽出生在广东香山东岸乡，没有人知道确切的出生日期。在他很小的时候，父母已经亡故，由奶奶抚养他长大。黄宽天资聪颖，在当地一所私塾读书时，就因超群的记忆力受到老师的关注，但由于家境贫寒，他不得不中途辍学。1841年，十二岁的黄宽来到澳门，在一所为纪念首位来中国的传教士——罗伯特•马礼逊而建立的学校求学。他是首批六名学生之一。1842年，该校迁往香港，黄宽随校同行。在这所学校学习的六年间，黄宽学会了英文，成绩优异。该校也在香港扩大招生，后来有四十余名学生。

1846年8月的一天，校长塞缪尔•勃朗牧师在课堂上宣布，由于他和太太身体欠佳，他决定返回美国，并希望带三至五名学生一起走。容闳第一个站起来报名，黄胜和黄宽也相继报名。勃朗牧师要求他们三人要首先征得家长的同意，才能随行。由于黄宽父母双亡，他只需要得到祖母的同意即可。

三名学生的费用由在香港生活的三名外国人——美国人里

奇（Ritchie）、苏格兰人坎贝尔（Campbell）和出版商安德鲁•萧德锐支付。萧德锐在英国爱丁堡拥有成功的职业生涯，1843—1844年间他移居香港，于1845年2月创立《中国邮报》（*China Mail*）。学识渊博的他起草了皇家亚洲学会（Royal Asiatic Society）在香港的章程，还是圣安德鲁学校（Saint Andrew's School）的创始人之一。这所学校1855年在香港成立，是第一所由非传教士经营，并由公众集资建成的学校。

1847年1月4日，黄宽与勃朗夫妇以及两名中国同学一起启程，从广州前往纽约，并于4月12日抵达目的地。他们在马萨诸塞州的孟松学院就读。孟松学院是美国一所知名的精英中学，专为美国的大学培养人才。该校校长查尔斯•哈蒙德毕业于耶鲁大学，他尤为关注三名新来的中国学生。他们生活在勃朗母亲的家里，需要半工半读，负担各种费用。1848年黄胜由于身体欠佳返回中国，黄宽和容闳于1849年从该校毕业。

前往爱丁堡

黄宽刚抵达美国时，对前途并没有什么期望，只是希望毕业后能返回中国找份工作。

然而此时，萧德锐和黄宽在香港的其他资助者表示，如果他希望去爱丁堡大学求学，他们很愿意资助他。这笔钱来自香港的英国商人和爱丁堡医学传道会（Edinburgh Medical Missionary Society）成员。

从学业上考虑，这是给这位年轻人的一次绝佳机会。爱丁堡是萧德锐的老家，爱丁堡大学也是欧洲最著名的大学之一。该校甚至免去了黄宽的学费和住宿费用。不过，对黄宽本人来说，这将是巨大的挑战。他刚刚适应了美国的生活，又要前往另一个国家，而英国有着独特的文化和传统。此外，他这次不得不独自前往，不会像上次那样，有两位同胞陪他一起到美国学习。在他即将前往的城市爱丁堡，黄宽举目无亲，因为那里几乎没有中国人。与家乡广东不同，爱丁堡的气候阴沉，冬天寒冷而漫长，两地的日常饮食也完全不同。尽管有这么多障碍，黄宽还是决定冒险尝试。因为他清楚，像这样千金难买的机会，以后不会再有了。于是，黄宽横跨大西洋，于1850年进入了爱丁堡大学。

爱丁堡大学创立于1583年，是18世纪欧洲启蒙时代的一所领先学府，也是欧洲一流的大学之一。它的医学院成立于1726年。1729年，大学附近的一家公立医院——皇家医院（Royal Infirmary of Edinburgh）正式创立，并于1741年搬迁。由于医学院的学生数量不断增加，爱丁堡大学于1764年新建了一个可以容纳二百人的解剖室。这所学校吸引了来自爱尔兰、美国和各英国殖民地的学生，许多毕业生日后都直接参与建立本国首所医学院的工作，其中包括美国、加拿大的医学院，以及我

》黄宽求学的爱丁堡大学

们将会见到的中国的医学院。

爱丁堡大学是第一所招收中国学生的西方医学院。现在每年大约有八百余名来自中国大陆、台湾、澳门、香港的学生在这所大学求学。近年的中国校友包括钟南山教授。钟教授是出生于南京的福建人，作为内地知名的医学科学家，他在2003年带领团队发现了治疗SARS（Severe Acute Respiratory Syndrome，严重急性呼吸道症候群）病毒的方法，成为中国家喻户晓的人物。

在爱丁堡大学的第一年，黄宽主修文学，1851年转修医学。医学本来就是让人精疲力尽的一门学科，对以第二语言求学的人来说尤其如此。医学专业要学习的课程包括解剖学、化学、手术、助产学、植物学、病理学、药学和应用物理。尽管学习和实习任务极为繁重，黄宽仍以第三名的成绩于1855年毕业，并因优异的专业表现获得金奖。

作为首个毕业于欧洲大学的中国人，黄宽毕业后就在大学的附属医院实习，并继续攻读博士学位。他于1857年取得了病理学和解剖学的博士学位，成为中国在英国取得博士学位的第一人。至此，黄宽已经进入了英国的精英阶层，医学博士在英国凤毛麟角，如果他选择留下，将能享受舒适的生活。然而，在离开中国十年，并在爱丁堡生活了七年之后，黄宽决定回国。

“1月3日，离台湾海峡还有三百英里，我们遇上了一阵强风，船被风吹得上下摇晃，颠簸得厉害。”他在日记中写道，

“我感谢仁慈的上帝，在经历了十二天的危险后，我们终于安全地在我的家乡靠岸了。”至此，黄宽的回家之旅耗时整整一百六十六天。

离开英国时，黄宽已经是一名虔诚的基督徒。十六年来，他一直在宗教氛围浓厚的学校里学习。外国资助者对黄宽的慷慨支持其实是出于两方面的考虑，他们一方面善良地希望黄宽接受西方教育，另一方面则是出于传教士的热情，希望黄宽可以在中国传播福音。

辗转香港

黄宽抵达香港，并在一家由传教会建立的医院里找到他第一份工作。以后的经历让黄宽颇为失望。他原以为自己拥有从西方最声名显赫的医学院获得的博士学位，又是一名基督徒，应该享有与其他外国医生一样的待遇。然而，事实并非如此。外国医生早就习惯把中国人当助手，因为中国医生受过的医疗培训十分有限，又只懂听命于主管。当时的香港刚开埠二十年，并不是个人人平等的社会，对中国人的歧视情绪在英国人中也非常普遍。于是，黄宽从这家医院辞职，并在另一家私立医院谋到一个管理职位。

黄宽在香港仅仅待了一年，便决定搬到广州，并在这座城市度过余生。在香港的生活经历，已经大大削弱了黄宽的宗教信仰。黄宽曾希望受到比传教士医生更好的礼遇，但这些人并没有奉行他们所推崇的慈善与平等；而存在于不同新教教派之间的钩心斗角、尔虞我诈，也使他备感失望。黄宽决定将余生投入医治病人、推行医疗教育的事业之中，而不是传播福音。

梦圆广州

1858年抵达广州之后，黄宽在府学东街开了一家药店兼诊所，并应邀到惠爱医馆工作。惠爱医馆是由本杰明•霍布森（Benjamin Hobson）创立的一家医院，坐落在金利埠西郊。截至1859年，惠爱医馆有八十张病床，治疗过二万六千零三十位门诊病人。创始人霍布森先生是1839年被伦敦传教士协会（London Missionary Society）派到中国的一名英国医学传教士，他积极地将医疗文献翻译好带到中国，并让少数学生接受培训成为医生。黄宽虽然同意在这里工作，但由于他在医院管理方面有自己的意见，又看不惯一些传教士的行为，所以他在惠爱医馆的时间并不长。1860年，黄宽离开惠爱医馆的管理岗位，成为私人执业医生。

1860年，黄宽转到另外一家教会医院——博济医院就职，并在这里度过余生。他的名字也和这家医院紧密地联系在一起。

博济医院

1835年，美国传教士医生彼得•帕克（Peter Parker）创办了作为眼科医院的博济医院。这是中国第一家西医医院，后来成为全国最重要的传教士医院之一。医院的英文名称是“Canton Hospital”（广州医院），但是“博济”一名更为文雅，它的意思是“帮助众生”。

帕克先生1804年出生在马萨诸塞州的弗雷明翰（Framingham），他从耶鲁大学获得了医学和神学位。1834年2月，他来到广州，成为中国首位全职的新教医生传教士。

在这家新医院里，他专业治疗眼睛疾病，包括白内障，并切除肿瘤。他还将硫醚作为麻醉剂引入。尽管博济医院主要治疗眼疾，医生们也无法将患有其他疾病的病人拒之门外。医院成立的第一年，就有超过两千名病人入院治疗。

帕克医生对中国学生们进行医疗和手术方面的培训，他还经常向病人传教。

1840年6月，由于鸦片战争的爆发，医院被迫关闭，但于1842年11月重新开业。重开后的博济医院和以往一样人满为患。1855年，由于帕克成为了外交官，另一位美国传教士医生——约翰•格拉斯哥•科尔（Dr. John Glasgow Kerr）接替了他的工作。

1856年，由于中英之间第二次鸦片战争的爆发，博济医院被毁于战火。1858年11月，科尔访美归来后，在广州南面珠江附近的增沙街上发现了一幢很好的大楼——靠近现在海珠广场的回龙路。1859年1月1日，博济医院重新开业，设有七个病房，分为男女病房，可容纳六十名病人。

黄宽1860年加入博济医院，很快就成为院长科尔最重要的助手。事实上，黄宽余生都担任这个角色，协助科尔完成复杂的手术、治疗疾病，以及处理重要的行政事宜。

在大多数中国人看来，西医的手术刀、缝合针、令人熟睡的强效药物，都显得既怪异又难以理解。与西医完全不同，中医依赖的是草药、植物和清晰可见的外部治疗。有一些对“红头发、大鼻子”的西方人怀有敌意的家伙指责外国人将中国人，甚至是孩子的器官和其他身体部分切除，用来实现邪恶目的。因为大多数西医都是外国人，这样的谣言传播起来易如反掌。这些谣言在当时不仅引起了示威游行，甚至激发了针对医院和传教士的暴力运动。许多人都不愿意将亲人的健康交到外国医生手中，尤其当外国医生无法与他们直接沟通，只能通过翻译。

作为一名中国人和广东人，黄宽则很容易被广州人民接纳。广东人把他视为“和他们说相同语言的”自己人。作为医生和外科医生，他声名鹊起。许多人，包括在海外生活的中国人，都慕名而来找他诊治。

» 黄宽工作过的广州博济医院

黄宽和科尔一起开中国外科手术的先河。1860年，他在博济医院进行了中国第一例剖宫产手术。中国妇女一般都不希望在她们生产的时候，有男医生在场。但由于怀孕期间的并发症，这位患者同意由黄宽进行手术。黄宽还擅长去除膀胱结石。广州有许多人都饱受这种疾病之苦，在黄宽的职业生涯中，曾做过三千多次去除膀胱结石的手术，造福一方。

博济新址

1863年，科尔决定将博济医院迁往一个新的、更大的地方。黄宽和另外两名同事受命监督工程建设，并于1866年10月1日，将医院迁往新址。

1867年4月，科尔由于健康原因，不得不返回美国，他任命黄宽担任院长。黄宽在4—12月期间担任博济医院的院长，也是在华西方医院中的首位华人院长。

1867年，博济医院增设了一个药房、一个临时病人区和一间教堂，教堂也作为接待厅使用。医院能容纳二百到三百人。1869年，一座医生住宅楼完工。1873年，博济医院又新增了两个病人区，使病人区的数量增加到十四个。那些富有的病人可以用每月一两银子的费用，享受单人房间。1877年，医院为鸦片病人设立了一个专区，可以容纳二百五十人。博济医院每年治疗的病人，则超过二万六千人。

能与科尔这样有能力、敬业的人共事，黄宽是幸运的。科尔在博济医院工作了四十七年，参与治疗了近一百万名病人，完成了四十八万例外科手术，其中包括一千三百例去除肾结石的手术。他还在中国开精神健康治疗的先河，于1898年建立了中国第一所精神病院——惠爱医癫院，并在这家医院服务至1901年去世。科尔的遗体被埋葬在广州城外的新教墓地，在他的墓地附近，长眠着他的三位传教士同事。

投身教育

黄宽和科尔都希望将他们的医学专业知识传授给中国的学生。科尔教过许多中国学生，甚至在1886年教导过孙中山。1863年，他们收了四名学生。1866年，当博济医院刚刚搬到新院址时，他们俩就成立了医疗培训部，这标志着医疗教育事业的正式开始。黄宽和科尔的目标不仅仅是培训博济医院及惠爱医馆的学生，甚至包括小量的外来学生，他们衷心希望学生可以遍布中国。

1866年，他们成立了南华医学院，这是中国第一所让中国医生接受西医培训的学校。黄宽教授解剖学、生理学和外科，科尔讲授制药学和化学课程。教学过程涉及大量的翻译工作，不仅要将英文的医学术语引入中国，还要为它们找到适合的汉字表达，因为这些术语以前从未出现。黄宽将三十四部医学著作翻译成中文，整个过程艰辛而复杂，他为此投入了大量时间和精力。

此外，他还撰写了一套三年制的基础理论教材和一套两年制的临床实践教材。起初医学院只接收男性学员。1879年，学校招收了三名女学员，这是中国第一所招收女学员的医学院，比欧洲的医学院都要早许多年。

黄宽还扩建了医学院的实验室，设立了标本间。他深受学生的爱戴，并与他们合作无间。当时医学院面临的主要问题，是缺少用来做实验的遗体，中国人反对将亲人的遗体用于解剖，但对孩子遗体的态度会更灵活些。

黄宽和科尔培养了中国第一代西医。他们创立了培训医生和护士的一整套体系，在中国被广为应用。此举具有里程碑般的意义。南华医学院后来发展成岭南大学医学院，现为中山大学医学院，以它最著名的毕业生来命名。

虽然传播福音本是传教士医生的一项重要职责，黄宽本人对此却是兴趣寥寥。他把全部精力投入到南华医学院繁重的临床和教学工作之中。

履新官职

黄宽声名远播，一直传到了北京的紫禁城。时任政府高级官员的李鸿章，邀请黄宽作为医生为政府服务。1862年初，黄宽应邀到天津就职，但他实在无法忍受官僚的生活方式和习惯，就任不满六个月，即愤然辞职。为了挽留他，当时的上海道台丁雨生开出了许多优厚的条件，但都被他谢绝了。黄宽返回广州，继续从事临床和教学工作。

1863年，中国海关决定在香港成立医务处，其职责是检查进出港的货物是否染有疾病和传染病病毒，并为生病的船员提供治疗。医务处招聘了十七名医官，黄宽是其中唯一的中国医生，这标志着他在医疗专业领域享有极高地位。

当时的广州是中国最繁忙的外贸港口之一，每天都有大量的物资和人员进出。黄宽的工作一直都非常繁重。1873年，广州暴发了霍乱疫情，黄宽在诊断和抑制这场疾病方面做出了突出贡献。1875年，他就任西南施医局的联席主席。

与世长辞

1878年10月，黄宽不幸感染项疽，身患重疾。在他患病期间，英国大使的夫人由于怀孕身感不适，请黄宽前往探视。他推托不掉，只好前去照料。大使夫人最终安然无恙，黄宽的病情却恶化了。1878年10月2日，他与世长辞，终年四十九岁。

我们了解的黄宽毕生生活简朴，将整个生命献给了病人和医疗教学生涯。他不喜交际，烟酒不沾。他和姐姐一起生活，悉心照料祖母。黄宽曾经和名为贺福棠的女子有短暂的婚史，但后来分道扬镳，分开的原因则无人知晓。他终身未曾再娶。

黄宽著作颇丰，撰写过许多医学论文，比如关于1873年广州霍乱疫情的文章和海关医务处的年度报告。但他却很少提及私人生活。

黄宽的去世对科尔和博济医院来说都是重大的损失。在悼念黄宽的挽词中，科尔如此描述："黄宽是中国和英国文化交流的一个代表，也是两国人民之间友谊的典范。"黄宽的至交容闳在致辞时说："黄宽以爱丁堡大学全班第三名的成绩毕业，是医学界出类拔萃的人才。他的智慧和专业技术使他受到众人敬仰。黄宽是一位才华横溢的外科医生，当他离世之际，无论是中国人还是外国人都表示了哀悼之情，他一直深受外国朋友的喜爱。"

流芳至今

时至今日，在黄宽的家乡珠海和他学习过的城市爱丁堡，人们依旧怀念他。2007年9月，爱丁堡大学校长蒂莫西•奥谢

» 爱丁堡大学苏格兰孔子学院外面竖立着黄宽的雕像

（Sir Timothy O'Shea）教授为一座黄宽的铜像揭幕。铜像由珠海市政府捐赠，矗立在大学校园的苏格兰孔子学院（Confucius Institute for Scotland）外。

出席揭幕仪式的还有苏格兰首席部长亚历克斯•萨尔蒙德（Alex Salmond）。“黄宽是第一位来欧洲国家学习的中国人。”他在致辞中说道，“我们体会到来自苏格兰和中国之间的历史联系，彼此都有悠久的历史文化。黄宽的影响是巨大而深远的。”

中国驻伦敦大使馆教育处参赞、顾问王永达说：“我们的先辈们曾在海外学习，拯救这个国家，并为之服务。黄宽就是其中的代表。从这个意义上说，在此竖立这座铜像绝对意义非凡。”

2007年3月，奥谢教授曾前往珠海，向珠海市政府转交了黄宽的考试成绩单和他用英文撰写的六十八页毕业论文。他还向市政府赠送了黄宽毕业报告的复印件。他表示：“我们为能和珠海这座城市有如此的渊源和联系，感到非常骄傲！”

第三章 洋务运动著名实业家

唐廷枢 1832—1892 *Tang Tingshu*

引子

唐廷枢是中国19世纪卓越的企业家之一。在生命的最后二十年，他一直为政府服务，此前曾为怡和洋行工作。

唐廷枢开多个领域的先河：中国第一条航线、第一座煤矿、第一条铁路、第一家保险公司、第一个油井和第一条电话线路。他是在面临外国公司激烈竞争的情况下完成这些壮举的，外国公司当时垄断了中国经济的众多领域。此外，他还要面对来自北京清政府，包括慈禧太后的反对。他们认为现代化的进程是对中国文化和传统的道德挑战。

他留下了一份永久的遗产。在他去世一百二十余年后，他曾担任在重要位置的两家公司历经中国的数次战争和革命后生存下来，成为矿业、海运和运输领域的企业巨头，在国民经济中占有重要地位。

招商局集团（The China Merchants Group）前身为招商局轮船股份有限公司，成立于1872年，唐廷枢担任首任总经理。该公司如今已发展壮大，成为中国最重要的港口、海运和物流公司，2012年末资产总值超过三十九亿二千万元人民币。这是中国内地在香港营运最久的公司。

开滦集团的前身是唐廷枢在1878年建立的开平煤矿，现已发展成为中国第六大煤矿。他在河北省境内开发的地下矿藏至今仍在开采。

唐廷枢是家族中几位企业家之一，兄长和两个堂兄都涉足实业，侄子和侄孙也是生意人。包括唐廷枢本人在内的四名家族成员担任怡和洋行买办一职五十余年。

终其一生，唐廷枢共成立了四十七家公司，有些由他一手创办，有些与中国或外国的合伙人共同成立，还有些与政府合作。这是令人震惊的数字，因为当时“生意”在绝大多数中国人眼中还是个外来词，从事商业的人也为儒家精英所不齿。

作为中国第一代企业家，他为其他人引领了道路。

买办工作与商业王国

唐廷枢1832年5月19日出生于唐家湾，是家中次子。父亲唐宝臣在马礼逊教会学堂工作，与学堂签署了一份八年的合约，作为交换条件，唐廷枢能够免费就读。1842—1848年间，唐廷枢在香港的这所学校学习，练就一口流利的英语，这也成为他人生成功的关键要素。此外，与大多数中国人不同的是，他习惯了外国人在场，并能轻松自如地与他们交流。他体会到，正如毛泽东在一个世纪之后生动描述的那样，这些“大鼻子”就是纸老虎，与中国人相比，既没什么可怕他们的，也没什么可爱他们的。正是这两个优势——出色的英文和对外国人的熟悉，使唐廷枢一生都能在中国和西方之间自由行走、应对自如，既有中国朋友，也有外国朋友。他在怡和洋行的同事后来回忆说，唐廷枢的英语说得就像英国人一样地道。

1862年，唐廷枢和两位堂兄一同编纂了《英语集全》六册，这套书在广东人这个群体与外国人交往的过程中发挥了重要作用。因为和唐廷枢本人一样，绝大多数与“大鼻子”共事或与他们接触的人，都来自广东。书中有一个部分的标题为“买办问答”，提到的问题都是他在怡和洋行工作期间曾被问到的。这套书列出不同交易场景使用的中英文词汇，包括金属、烟草、丝绸、纤维、重量、度量、账户、贸易诉讼准则、人事、海运、雇佣、货币和仓储等，还包括在谈判中使用的对话。书中列出一些常用的英文词、句，用粤语标注读音，方便广东人与说英语的人沟通。

这套书被视为由中国人编纂的首部英汉词典和百科全书。唐廷枢在前言中写道：“当我参观福建、江苏和浙江的外国公司时，人们会问我许多问题。由于他们的英语不够流利，所以会损失金钱、被欺骗，甚至被羞辱。因此，我们出版了这本书，为您提供一个正确的说法。”他在1862年提出的建议，对今天的中国人同样适用。

在马礼逊教会学堂求学的日子，还给了他一个非常好的朋友圈。同学当中有容闳（容闳的事迹见第一章），唐廷枢和他成了毕生的朋友。许多其他毕业生都在政府或企业担任要职。

从马礼逊学堂毕业之后，唐廷枢在香港一家拍卖行担任助

» 1862年唐廷枢撰写的
六册《英语集全》

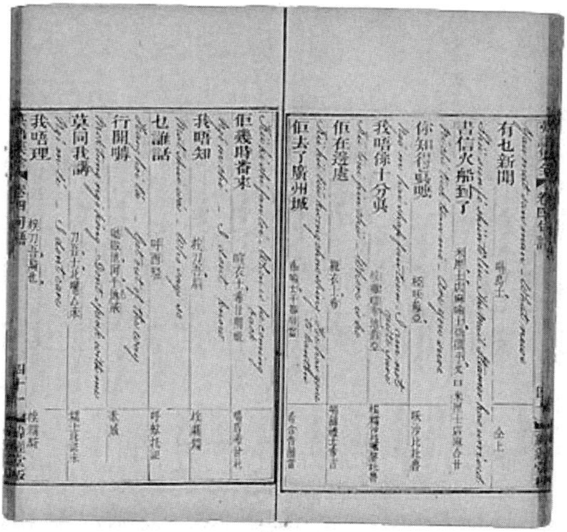

» 《英语集全》的内页

理。从1851年开始，他在殖民政府当了七年的翻译员；自1856年始，在大审院（主要负责民事和刑事诉讼案件的终审）担任中文翻译。此后，他曾在香港政府遇到的一个已在上海海关税务部任职的英国人邀请他去上海海关工作。他接受了邀请，并当了三年高级翻译。上海是中国的商业之都，是雄心勃勃的年轻人向往的地方。

1858年，他首次涉足商界，在香港投资了两家当铺。1861年，他开始为怡和洋行工作。这是一家英国公司，是当时中国领先的外资贸易公司。香山同乡林钦在怡和洋行当买办，他介绍唐廷枢来这里工作。像怡和洋行这样的外资公司非常仰仗资深的中国雇员与供货商、批发商、政府打交道。很少有外国经理人能够说中文，或者能够理解与丝绸、茶叶、棉花、鸦片、瓷器和其他他们想购买的物资的生产商交往有多么复杂。

这就给了买办很大的空间为自己谋利，并充分利用中国与国外世界之间存在的巨大差距。林钦让唐廷枢负责黄金仓库，并管理怡和洋行扬子江一带的船运业务。

1861年，唐廷枢设立了秀华棉纺公司，从内陆购买棉花卖给外国公司——在当时这是最热门的商品。这也是他第一次涉足国际贸易。

1863年，他取代林钦成为首席买办。他为怡和洋行当了十年的买办，直至1872年。他管理仓库、采购丝绸和茶叶，并开发上海港以外的船运业务，盈利最多的航线包括通往天津、厦门、福州和马尼拉的航线。他管理怡和洋行的银行账户并拓展他们的市场份额。

他也为自己构建了庞大的商业帝国。他投资房地产、大米运输、当铺、盐业、矿业，并建了茶叶仓库。他还投资三家上海的银行，以满足资金需要。

他成立了从事丝绸、茶叶和外贸业务的三家公司，并和另一位唐家湾的同乡徐润共同担任这三家公司的董事。

他是由怡和洋行经营的广东保险办事处的股东之一，也是华海轮船公司最大的股东，拥有一千六百五十股中的四百股，担任副经理及董事会成员。他也投资外资企业，其中包括公正轮船公司（Union Steam Navigation Co.）、北清轮船公司（North China Steamer Co.）和“苏晏那达号”（Suwonada Steamer）。

他为自己任职的外资贸易公司提供了大量服务，包括招聘高级雇员、吸引资金及与中国客户和股东合作。他还负责重要业务的营运管理，以及提供联络人和信息。

与此同时，他也得到了丰厚的报酬，能够自由构建自己的商业王国。这种情况只在中国为数不多的几个地方才可能实现。最重要的地方就是上海的外国租界，这里提供军事保护，以及现代商业蓬勃发展所需要的法律和商业环境。

作为一名富有爱国情怀的中国人，唐廷枢憎恨外国人拥有许多特权，也憎恶他们从中国人身上赚取财富。不过，正如他在唐家湾的多位同乡一样，他本人也获益颇丰。

怡和洋行的经理曾这样评价他：“他是我们获得中国商人支持的保障所在。”美资船运公司旗昌洋行（Russell & Co.）的总裁爱德华•坎宁安（Edward Cunningham）说：“他具备搜寻信息并招揽中国业务的能力，我们无法和他竞争。”1877年，坎宁安愿意将自己的公司卖给由唐廷枢出任总经理的一家新公司。

招商局的诞生

1872年，在清政府的经济改革派领袖李鸿章的要求下，唐廷枢离开怡和洋行，开始筹备成立轮船招商局。这是他人生中的一个重要时刻。在为外资公司和机构工作了二十一年之后，他决定用自身的技能和知识为自己的政府服务。

朋友们开玩笑说，唐廷枢把外国人穿的“皮鞋”换成了中国官员穿的“布鞋”。

在此后的生命中，他成了清政府中努力推进国家现代化，并缩小中国与使之沦为半殖民地的富裕国家的差距的中坚力量。

对唐廷枢来说，继续当买办其实更轻松，这是一份颇为稳定，而且待遇丰厚的工作。他可以继续为怡和洋行工作，同时发展自己的商业帝国。他甚至有可能成为中国最富有的人之一。

从另一方面考虑，为北京工作则是种冒险。唐廷枢很清楚，政府内部的保守派和改革派泾渭分明。统治方式极具个人色彩，政策则取决于在关键位置上的某个人。如果他去世了，或者在权力斗争中失势，一切都可能发生变化，而且会是突如其来的，那些仰仗他的幕僚也可能失去他们的位置。这与那个更可预测、并以规则为基础的国际贸易世界大相径庭。

但是，唐廷枢不仅是位企业家，也是位爱国者。他已经证明了自己可以在白人世界中赚取财富，他亲身体会到中国远远落后于英国、法国、德国、美国以及其他参与垄断上海工业和贸易的国家。留在怡和洋行，他可能会继续扩大这种差距。或者，他也可以冒险尝试，通过把自己的才能贡献于政府，缩小这个差距。他首先在李鸿章身上下了赌注，正是这位高级官员请唐廷枢帮助建立轮船招商局。

洋务运动

李鸿章是洋务运动的领袖。这场运动由一小群统治阶层的精英人士发起，他们相信中国在经历了一系列的军事败绩并被迫做出让步之后，制度上的改革已势在必行。

这些改革包括引进西方的军事技术和装备，我们在第一章介绍的容闳，就参与其中。在外国顾问和管理人员的帮助下，李鸿章于1865年和1867年分别在南京和天津设立兵工厂。改革者还在上海和福州设立了船厂，制造现代化军舰。

朝廷的保守派认为建兵工厂是巨大的金钱浪费，他们觉得中国人的优越感存在于道德素养，并非技术能力。

在向朝廷建议成立轮船招商局的时候，唐廷枢说公司的船应该从外国公司手中，把原属于中国的利润和利益拿回来，这样一来，中国公司赚到的每一分钱都会使外国公司的利润减少。他在辩论中取胜，政府也随即批准了他的提议。

但是，改革派必须谨慎行事，有时候甚至要秘密行动。为了营运这些公司，他们需要雇用外国人。但是包括慈禧太后在内的统治阶层仇恨外国人，反对他们担任政府要职。他们认为这些人只会为本国政府的利益服务，并不会为雇用他们的清政府服务。

不过惨痛的现实却是，无论这些人开价多高、态度多傲慢无礼，清政府也没有其他选择，只能雇用他们。中国没有懂得制造蒸汽机、纺织机械、机枪和战舰的技术人员，也没有人懂得如何从事国际贸易。

改革派必须向他们在北京的对手隐藏自己的计划和项目资讯，在一个没有报纸或其他快速传播方式的国家，这么做并不困难。风险在于保守派在各地的官员会将所见所闻报告给身在北京的主子。改革派采取的办法被概括在一句谚语——“山高皇帝远”中，至今还广为流传。他们的做法也被当今中国的许多官员仿效，他们知道将要采取的行动会遭到领导的反对，于是就对领导保密。

到了19世纪70年代，李鸿章希望将改革范围从军事扩大到工业、商业、农业和矿业。但是他清楚，如果他派官员负责这些新领域，他们将会一败涂地，因为这些人对这些业务既无知识，又无经验，甚至连学习的欲望都没有。

他也不能雇用外国人当公司领导。所以，他设计出一种由私人企业家在政府的监管下营运公司的理念。公司资本将来自私人渠道，经理要遵守政府为他们制定的方针政策，如果必要的话，这些政策可以为公司提供补贴。

这是一种“官督商办”，虽然不理想却是应运而生。中国的现代经济由外国公司垄断，他们在上海和其他通商口岸设立办事处和工厂。外国公司拥有资金、专业知识、技术以及本国政府为他们赢得的市场准入资格。如果中国希望成为一个现代化国家，必须创造可以挑战这些外国公司的企业。

李鸿章可以从小企业家阶层中选拔有才能的中国人。这些人往往在香港、上海和其他大城市生活。与唐廷枢一样，他们当中有不少人通过为外国人工作学到了许多技能。

李鸿章掌权不久，唐廷枢写信给他：“在香港，我们看到外国轮船进入我们的水域并赚取巨额利润。我们应该成立国家海运公司，将利润抢回来。”

19世纪60年代，容闳首次建议北京清政府设立国家航线，但是没有得到任何回应，直至李鸿章掌权。首先，他雇用了浙江海事局的一位官员负责成立公司。他在1872年完成此举，由政府出资五万两白银入股，李鸿章希望剩余资金可以由私人筹集。

私人公司的反应寥寥，他们对一家由官僚营运的企业并没有信心。这家公司仅有四艘轮船和一个码头，在开始营运的前六个月就损失四万二千两，它的营运也并不像一家现代化的公司。这促使李鸿章改变计划，雇用唐廷枢——一个在商界拥有骄人业绩，与中国人和外国人都过从甚密，并能接触到技术专长和私人资本的人选。

轮船招商局成立

轮船招商局（招商局轮船股份有限公司）于1872年12月26日正式设立，于次年1月17日在上海南水岸街正式营业。两天之后，公司斥资五万两从英国公司购买的一艘五百零七吨位轮船“亚丁号”（Aden）从上海启航，开往香港，这也是公司的首航。

李鸿章让唐廷枢创建一家可以与外国公司在长江、沿海及国外航线中竞争的航运公司，这可是唐廷枢非常熟悉的领域。李鸿章还雇用了唐的同乡好友兼搭档徐润。

1873年6月4日，唐廷枢就任执行董事。他对公司进行了彻底的改组，雇用了曾在外资公司工作的中国经理人，并尽可能巧妙地回避清政府提出的建议。他通过严密的预算体制和精干的员工队伍，将西方的管理方法引入公司。在一个贿赂成风、人浮于事的国家，这可是新鲜事物。唐廷枢是个凡事亲力亲为的经理，非常重视细节。他利用自己广泛的人际交往将公司的资金增长了四倍，即从二十万两增至一百万两。

7月底的时候，“亚丁号”驶往神户和长崎，这是该公司第一条国际航线。公司成立了十九家分公司，其中包括天津、汉口、香港、长崎、曼谷和马尼拉。轮船招商局打破了外国公司对航运业的垄断，成功完成它的使命。公司的价格和服务具有竞争力，在泰国和菲律宾都开设了办事处。

1875年11月，唐廷枢成立首家由中国人创立的保险公司。1877年12月，公司首次以和太古集团、怡和洋行同样的价格签署协议，从而使中国企业朝着具备市场竞争力的方向迈出重要一步。

1877年，它以二百二十万两白银的价格买下美资船运公司——旗昌洋行。该公司的航线覆盖上海到天津及汉口，资产包括七艘海轮、九艘内河轮船、小型船舶、码头和仓库。这是一家重要的航运公司——它是首家被中国公司收购的外国船运公司。

十年之间，轮船招商局拥有了二十六艘在内河及海洋上营运的船，货物价值千万两白银。

1878年3月，轮船招商局设立一家航运及事故保险公司。

1879年10月19日，一艘载有四百名乘客的客轮抵达夏威夷。翌年7月30日，一艘轮船抵达旧金山，这是中国航运公司的轮船首次抵达北美大陆。1881年1月，唐廷枢获任命为第二任总经理。同年10月4日，美孚号轮船装载着茶叶抵达英国，完成前往该国的首航。

1883年，公司资本翻倍，达到二百万两白银，是最初资本的十倍，轮船招商局成为当时中国最大的航运公司。

1884年7月中法战争期间，为了保护免受法国接管或被用于赔偿，公司签署协议将自己卖给旗昌洋行，并使用其旗帜。翌年5月，战争结束后，公司又回到了轮船招商局手中。

1887年，公司在上海设立中国首个现代化的保税仓库。1891年，公司在上海成立中国首家现代化的纺织机械工厂。这是李鸿章在洋务运动中成立的最成功的公司之一。

上海的知名企业家经元善曾评论说："唐廷枢和徐润在进入轮船招商局之前就有很好的声誉。唐廷枢个性坚强而执着，在处理涉外事务方面没有人可以与他抗衡。"应李鸿章的要求，经元善在建立上海纺织局和上海电报局方面发挥了重要作用。

轮船招商局成为矿业、电报、铁路、银行、棉纺和纺织工业领域"公私合营"模式的典范。它也是李鸿章最成功的举措之一。2012年，该公司庆祝成立一百四十周年，它是香港最大的四家国有公司之一。

与唐廷枢所在时期相同，该公司在1978年之后的改革时期也是业内先锋。它在深圳设立的蛇口工业园，是首个向外资开放的工业园。它还创立的首家商业股份制银行和保险公司。1992年7月，旗下一家运输子公司在香港上市，成为交易所的首只“红筹股”（国有公司股票）。公司旗下还有企业在上海证券交易所和深圳证券交易所上市。

公司的主要业务包括基础设施、码头、道路、能源、运输与物流、金融服务和房地产。

外交官风采

在轮船招商局任职期间，上海市政府请唐廷枢协助处理外交事务。1877年，政府希望加速台湾的发展，建设一条从福州和厦门通往台湾的海底电缆。当时一家丹麦公司正在铺设从福州到厦门的电缆，政府希望接手这个项目。于是，唐廷枢被派往福州和丹麦公司谈判。经过旷日持久的谈判，中国政府接收了该公司的全部设备、材料和财产。

唐廷枢还被派往台湾解决一宗涉及一艘西班牙轮船的事故。这场争议已经持续数年，唐廷枢却在八天之内圆满解决，赢得了双方的赞誉。

1879年9月，他前往山东烟台为李鸿章担任条约谈判的口译。

1879年，一艘轮船招商局的轮船首次抵达夏威夷，这标志着中国和夏威夷王国关系的开始。

1881年4月，夏威夷国王首次访问中国，他要求中国和日本帮助他抵挡英国、法国、德国和美国对其国家的渗透。他前往河北开平拜访唐廷枢，当时唐在那里工作。他们谈了一整天，讨论同样身为亚洲人，应该如何对抗白人。在收到了唐廷枢的报告之后，李鸿章在天津设宴款待国王，并和他进行了广泛的交流。

夏威夷王国仅又延续了十二年。1893年，住在夏威夷的美国和欧洲居民推翻了君主制，接管了政府。他们游说美国政府将其吞并，美国国会于1898年批准了提议。中国对帮助夏威夷国王也无能为力。

1883年，唐廷枢受李鸿章之命访问欧洲，调查欧洲的经济情况，尤其是航运业。他去了巴黎、伦敦和阿姆斯特丹，为中国海军带回了一艘装甲舰。

唐廷枢还在欧洲时，中法两国因越南北方的控制权问题爆发了战争。唐廷枢留在巴黎，收集政治和军事情报。在与法国国防部长的会谈中，唐廷枢发现对方对战争结果颇为悲观，于是马上把这个信息传达给李鸿章，告诉他要继续抵抗，法国将会撤退。法国政府和公众对战争的前景都模糊不清。

但是李鸿章并没有采纳这项建议。与法国人相比，慈禧太后更害怕日本人。她命令李鸿章求和，以便集中精力应付日本。李鸿章于1885年6月与法国签署和平协议，承认法国对越南北部的控制权。如果他们采纳唐廷枢的意见，结果可能完全不同。

李鸿章交给唐廷枢的另一项外交任务是与澳门的葡萄牙殖民政府谈判，要取回其占领的马骝洲海关。

有一次，唐廷枢在李鸿章接待一位英国大臣的时候为他当口译员。这位大臣问李鸿章，这么多英国公民在北京生活，他们是否可以在紫禁城附近建一所教堂，用来举行宗教活动。李鸿章很生气，回答道："我们很多公民都在英国生活。中国人信奉孔子，等你回国后，请问问维多利亚女王殿下，我们是否可以在白金汉宫附近建一座孔庙呢？"听他这么一说，这位大臣便不再提及此事了。

开平煤矿

1876年，李鸿章赋予唐廷枢另一项具有战略意义的使命——建设首座由中国公司经营的现代化煤矿。这就是位于河北唐山的开平煤矿。能源供应对军事和现代化工业的发展至关重要。

煤炭是驱动蒸汽发动机的重要能源。那时，中国严重依赖国外的煤炭资源，政府每年用于煤炭和钢铁进口的费用高达六七百万两白银。

唐廷枢写信给李鸿章："中国自己都没有足够的资源可

用，为什么允许其他人开采我们的矿藏呢？”1876年，唐廷枢听说开平镇的居民在挖煤，他乘船前去看个究竟。在亲自考察之后，他上书李鸿章，建议在开平建立一座煤矿和钢铁厂。

李鸿章对自己同胞的意见表示怀疑，于是派了一位英国工程师进行全面的地质调查，并计算矿藏价值。当他收到一份确实的报告时，他被说服了。于是他启动了项目，派唐廷枢担任执行董事。唐廷枢任命好友和助理徐润接替他管理轮船招商局，自己则搬到矿山总部所在地天津。

这是一家股份制公司，轮船招商局占了一部分股份。唐廷枢倾尽毕生大部分时间来完成这个项目，从最初的地址调查、计划、融资，到开始生产。他利用自己众多的关系筹集了一百万两资金，启动生产，并用这笔钱从国外进口机器设备。

1879年，在英国矿业工程师罗伯特·雷金纳德·伯内特（Robert Reginald Burnett）的指导下，新任中国工程师和矿业公司打下了最初两个钻轴，直至六百英尺深的地下。1881年开始生产。

唐廷枢还雇用了三位外国工程师和十四名欧洲人担任其他区域的营运经理。此外，他还从广东雇用了五十名矿业技工，其中一个是他在美国学习矿产专业的儿子。有三千名工人在矿井上面工作，并完成其他任务。

1884年，他引入了一种“开采愈多，收益愈多”的奖励机制。他本人也定期到矿井巡查，当看到有矿工生病时，会命令

» 开平煤矿的制砖机

他们休息，不要下井工作。

19世纪末期，开平煤矿年采矿量超过七十万吨，是最大的国有煤矿。其资金已经上涨四倍，达五百万两白银。1889到1899年间，煤矿盈利五百万两。这是政府营运得最成功的煤矿。许多人将这归功于唐廷枢，表示中国根本没有第二位经营者具备他的能力。

这座矿井还在营运中，演变为现在的开滦煤炭集团，它是中国最大的煤炭生产企业之一。

修建铁路

在初次考察矿山的时候，唐廷枢意识到把煤炭运输出去和把它们开采出来同样重要。于是，他向李鸿章建议修建一条长六十五公里的铁路，直达中国最大的港口之一——天津。

不过，在当时修建铁路会引起很大争议。1876年，一位英国商人在上海郊区铺设了中国首条铁路线——吴淞铁路线。政府对此举表示强烈反对，于是以高价买入铁路，将其拆毁并将铁轨运往台湾。

清廷中的许多人，包括慈禧太后，都认为蒸汽发动机会打扰他们祖先的灵魂，并惊动地下的龙，引致可怕的后果。

于是有人建议唐廷枢修一条运河运输煤炭。他回复说地形不允许修运河。于是政府做出了让步，说他可以修一条铁路，但要用驴子拉动机车，不能用蒸汽发动机。

在英国土木工程师克劳德•威廉•金德（Claude William Kinder）的指导下，截至1881年，公司完成了从唐山到胥各庄十一公里长的铁路线。他按照一千四百三十五毫米的国际标准轨距修建铁路，以便将它变成一条完整的线路。这条线路被称为“唐胥线”。

遵照北京的指示，由驴子拉动煤车。外国雇员看到这种情景，嘲笑中充满了蔑视。他们问：“中国准备就这样变成现代化国家吗？就这样生产钢和战舰吗？”

唐廷枢同意外国同事的观点，决定违抗北京的命令。他接受金德的建议，制造了一台蒸汽发动机。他用矿山的废钢铁制造了一台一百吨重的发动机“中国火箭”，于1881年完工。他们必须在完全保密的情况下完成这个项目。

1881年6月9日，发动机开始运营。这是一个历史性的时刻：一台中国制造的蒸汽发动机拉着煤炭行驶在这个国家第一条标准轨距的铁道线上。消息很快传到了紫禁城，并引起轩然大波。朝廷下令禁止使用蒸汽发动机，称蒸汽机车的运动和冒出的黑烟会打扰在陵墓中长眠的皇室祖先。但是唐廷枢坚持己见，他不可能回到用驴子拉车的时候。他知道自己在朝廷有李鸿章和改革派的支持，不愿意让步。最终，清廷解除了禁令。

在1882年，唐廷枢又从英国纽卡斯尔的罗伯特•斯蒂芬森公

» 1881年唐胥铁路通车

司（Robert Stephenson & Co.）那里订了两辆机车。同年10月，机车到货了，被命名为二号和三号。这是中国最早的两辆进口机车。

清廷连续几年反对拓展铁路线。但是，由于运河在冬季结冰数月，1886年唐廷枢成功获准将铁路线延至芦台。芦台是一个有河流经过的小城，可以用船运煤。

工程由一家新公司——开平铁路公司完成，它由矿业公司单独出资成立，主席由管辖天津的官员周馥担任，执行董事是伍廷芳。伍氏在英国学习法律，曾任李鸿章的秘书和口译员。

多样化经营

唐廷枢还在唐山成立了中国第一家现代化的水泥工厂。尽管水泥已经被用作建筑材料，当时却没有一个相应的中文词语。因此，公司被称为“唐山细绵土工厂”。后来，人们才创造出一个词语——“水泥”，作为它的标准名称。

开平煤矿的成功以及它赚取的大额利润对政府中的改革派至关重要。这显示他们的项目能够为国家带来收入，并能为大众提供就业机会。开平煤矿赢得了天津市场，并取代了进口煤炭。它为改革派提供了用于海防的资金，并给予最初的投资者以丰厚回报。

天津是李鸿章改革的示范城市。他在天津建立了一座大型兵工厂和一所军官培训学校；还修建了港口设施，以及连接周边城市、煤矿的铁路网络。

在李鸿章执政期间，唐廷枢拥有很高的职位。但是，他并不喜欢官场的生活方式和钩心斗角。他厌恶朝廷的尔虞我诈、肆意蔓延的行贿受贿，以及玩忽职守的风气。他很少穿着华丽的朝服官袍，更喜欢穿西装。他将自己视为一名为政府工作的商人，而并非公务员；他感兴趣的是取得实际的成果，而不是高官拥有的威望和特权。李鸿章对唐廷枢无比信任。他曾经说过："中国可以没有李鸿章，不能没有唐廷枢。"

唐廷枢也坚持投资自己的生意。他向一家香港航运公司投资十万港元，这家公司租了两艘船往返香港、上海航线。他和徐润在上海码头租了两个仓库，成立了两家保险公司——仁和保险公司及济和保险公司。这是首批由中国人成立的保险公司，在这之前，保险业务都被国外公司垄断。因此，许多人视唐廷枢为中国保险公司之父。

1883年，唐廷枢与另一位生意人李文耀合作，在北方的热河省建立承平银矿。1887年和1888年，他和徐润建立了平泉铜矿和迁安钢铁厂。这些项目是李鸿章更大范围计划的组成部分，他希望在中国奠定现代工业的基础。

1874年，唐廷枢向上海的《汇报》提供财务支持，这是他以前的同学容闳创立的第二份报纸。容闳认为上海的报纸存在偏见且信息失实，于是决定创立一份新报纸。半年之前，香港的第一份中文报纸创立。

离世

唐廷枢于1892年10月7日去世，当时他还在开平煤矿的天津总部工作。他去世时只有六十岁，可能是死于一种席卷全城的传染性疾病。

在他的讣告中，上海的《北方邮报》称他代表了中国历史上的一个时代。“他的去世对中国人和外国人来说都是巨大的损失……很难有人能够取代他。”近一千人参加了他的葬礼，公共建筑以及十三间外国领事馆为他的逝世下半旗致哀。

轮船招商局提供了一艘船，将他的遗体送返唐家湾。为了向他表达敬意，外国领事馆和贸易公司提供了十三艘船从天津港全程护送他回到家乡。随行的队伍在上海黄浦江停了下来，有一千一百人赶来为他送行。黄浦江岸上的灯光全部为他点亮。船队继续行驶到唐家湾举行葬礼，十三艘船护航两侧，全部下半旗致哀。外国代表们将花环从岸边投入水中。

为了纪念他，轮船招商局将一艘船命名为“廷枢号”。

财富和慈善

在职业生涯中，唐廷枢积累了超过一百万两白银的个人财富，这在当时算得上是惊人的数字。这些钱到底到哪里去了，至今仍是个谜。他把许多钱用于半国有化、半私有化的公司投资，有的公司没有盈利，有的公司甚至亏损。

他是一位积极的慈善家。他于1862年撰写了汉英字典《英语集全》六册，并自费印刷销售。1870年，他和徐润斥巨资在上海建立仁济医院。同年，教会举办向市内贫困民众发食物的活动，他也慷慨解囊。

1872年，他和徐润在上海创立广肇公所（取“广州”的“广”及“肇兴”的“肇”），并提供一个房间专门用来召开会议。这里成为许多广东人在上海的聚会之地。在公所的开业晚宴上，就从与会嘉宾处募集了超过一万两白银。

1874年，英国驻上海领事馆发起设立英文阅读室，唐廷枢支持了这项活动。在三位董事之中，他是唯一的中国人。同年，他还支持为中国商务人士的子女而建立的英华书院（Anglo-Chinese School）。

1882年，他在唐山为贫困工人的子女设立了九所免费学校。慈善项目还包括在塘沽成立水利和畜牧公司，用机器开发闲置的农田。他又允许本地人开设小煤矿。六十岁的时候，邻近四十八个矿区的百姓献上一把万民牌伞为他贺寿，感谢他的义举。

1874年5月，唐廷枢向由同学容闳创办的报纸提供财务支持，这是上海第一份由中国人办的报纸。他还在容闳选送一百二十名中国学生赴美深造的项目中发挥了重要作用。

容闳发现没有父母愿意把孩子送出去，他们担心孩子会变成美国人，再也不会回到中国。唐廷枢支持这项活动，并返回唐家湾鼓励那里的家长让孩子去留学。他至少说服了五名家长。

他出资在唐家湾建设码头，船从那里驶向广州和香港。他还为穷人支付医药费，建立免费的学校和医院。在他去世以后，学校和医院因为缺乏资金而关闭了。

唐廷枢率领的是一个企业家家族。他的兄长和两个亲戚都跟随他成为怡和洋行的买办。唐氏家族成员在那个职位上工作了半个世纪。他的一个弟弟成为轮船招商局的上海、广东和福州办事处经理，一位堂兄成为香港汇丰银行的高级经理。他有九个子女，大多从事商业。唐氏家族目前散布在香港、澳门和美国，以至全球各地。

遗产

时至今日，唐廷枢经办的许多项目依然存在，而且蓬勃发展。上海仁济医院后来成为第三人民医院，继续提供西医和中医治疗。

孙中山在关于国家发展战略的知名著作《中国国际化发展》中提到唐家湾码头，书中他称之为“唐家大港”。但日军占领该城后，毁掉了这个码头。

唐廷枢最伟大的两项遗产是两家公司：中国招商集团和开平煤矿（后称为开滦集团）。它们都发展成为各自领域中的企业集团和大公司。

中国招商银行是最成功的一家股份制商业银行，成立于改革年代。按照总资产排名，它是中国第六大商业银行。2009年，它全资收购了香港的一家私人银行——永隆银行，并在纽约、伦敦、台北设有办事处。

相信最令唐廷枢欣慰的是中国招商银行体现了中国经济的独立性。在开采煤矿、修建铁路把煤炭运给客户的过程中，唐廷枢只能高薪雇用具有专业知识和经验的外国人，没有其他选择，因为当时的中国并没有这方面的人才。

在他经营轮船招商局的过程中，即便是在国内航线上，他的主要竞争对手也是那些利用政府取得特权、并得到银行资金支援的外资海运公司。他们控制了销售中国商品的出口市场。他们拥有不为中国人所知的管理系统。

唐廷枢将专业知识和管理方法引入了公司，使之可以与外国公司竞争。如果他今天在世，他将看到轮船招商局是一家致力于出口并进口中国所需货物的公司，并非专注于与外国公司的竞争。它正从外国公司手中抢到更大的市场份额。

他还将欣喜地看到这家企业的多样化经营，业务范围涉及多个领域。唐廷枢是一位投资广泛的企业家，并不害怕接受挑战。他身处时代的政治、财务环境比21世纪招商集团所处的环境要艰难许多，这一切都使唐廷枢取得的成就更为辉煌。

中国已成为世界上最大的煤炭生产者和消费者，2012年产量为三十六亿五千万吨，比2011年上涨百分之三点七。它占了用于发电的燃料的百分之八十。

唐廷枢在河北开平地下发现的煤矿起到了重要的作用。它处在毗邻京、津的战略位置，北京和天津是中国最重要的两座工业城市，并有铁路线连接天津港和秦皇岛港，煤炭可以由那里运往南方。

当唐廷枢和他的外国雇员看着驴子拉动煤车前行的时候，他们谁也不会想象到会有这样的结果……

第四章 中国现代企业文化的先驱

徐润 1838—1911

Xu Run

引子

徐润与唐廷枢的名字是紧密相连的。这两位香山之子在许多项目上都并肩作战，包括轮船招商局、开平煤矿，以及中国第一家保险公司。两人也有着相似的经历，他们都作为买办为外国贸易公司工作超过十年，然后成立自己的公司或管理政府支持的项目。他们都是在中国建立现代企业文化的先驱者。

他们都非常富有。在二人之中，徐润更富有一些，他是中国最富有的人之一。他大部分的财富积累来自上海的房地产市场，在广州、天津、北戴河等城市也有投资。他成立的公司成为中国最大的茶叶出口商。徐润在上海外国租界里建的房子大得出奇，游客进去后甚至会迷路。一群佣人将地板和桌子打扫得“像玻璃一般闪亮”，房间一尘不染。他把子孙送往牛津大学和美国留学。

他建立了中国首家私人的现代印刷公司，出版中国古典作品并翻译英文书籍。他还是位慷慨的慈善家，救济饥荒，并捐款给学校、医院和红十字会。

但是丑闻损害了他的声望。1884年，他从轮船招商局挪用款项投资上海房地产市场，行情急转直下。虽然后来偿还了挪用的这笔钱，但他不得不向公司辞职。此后，政府再不像过往那般信任他。

生于买办家庭

1838年12月14日，徐润出生在香山的北岭村。徐家的社会地位要比唐廷枢的家庭高一些，徐润的一个亲戚曾是政府官员，叔叔徐荣村是英国贸易公司宝顺洋行的买办。徐润的童年在北岭度过，跟着家里聘请的老师学习。

1852年，徐润十四岁的时候，就跟着叔叔徐荣村经澳门前去上海。他在苏州短暂地学习了一段时间后，就回到了上海。在叔叔的引荐下，他进入宝顺洋行当学徒，并在那里工作了十六年。

1851年，他的叔叔将十二包中国丝绸运到在伦敦水晶宫举办的世界博览会上，因而声名鹊起。这是19世纪下半叶举办的系列博览会中的第一个，有十多个国家参展。维多利亚女王宣布展会开幕，此次展会是展示英国在众多工业和制造领域的领先地位的机会。徐润叔叔的展品包装和展示都不理想，但是高质量的丝绸吸引了评委的注意，并获得金奖。能够获此殊荣并得到女王的赞誉，他的货物未来能够免税进入英国市场。徐荣村是中国第一个在国际展会上展示商品的人，他的产品也是最早打入英国市场的中国品牌之一。

宝顺洋行是19世纪最富有的英国商行之一，也是唐廷枢工作的怡和洋行的竞争对手。托马斯•颠地（Thomas Dent）于1823年抵达广州，并加入一家贸易公司。第二年，他将公司改名为

"宝顺洋行"。1839年，奉政府之命终止鸦片贸易的官员林则徐颁布了对颠地的逮捕令，强迫他交出鸦片存货。这事件成为触发第一次鸦片战争的导火线。1841年，颠地将总部迁到香港的中环。1843年，上海开放对外贸易之后，他成为最早在当地设立办事处的商人之一，办公室位于上海外滩十四号。1865年3月，汇丰银行成立，颠地是发起委员会的创始成员之一。

徐润加入宝顺洋行时，公司的主营业务是进口布料、药品和混合货物，以及出口丝绸、棉布和茶叶。公司拥有自己的船队。徐润聪明勤奋，很快就学会了复杂的对外贸易知识，并掌握了英文。

在后来写的日记中，他回忆初到上海的感受："外国人对自己拥有的并不满足，日本也在伺机扩张。政府毫无对策，并轻易放弃国土。当一个人贫穷的时候，他只考虑自己。当他富有之时，才能为他人着想。"

1856年，徐润成为宝顺洋行的助理会计师；1861年成为总会计师、助理买办。此后，由于总买办酗酒，无法胜任工作，由徐润取而代之。

徐润逐渐做起了自己的生意。1859年，他和另外两个中国合伙人创立了一家名为绍祥的公司，他们从内地购买丝绸、茶叶和棉花，转售给上海的外国公司，获取利润。他还与别人投资了一家私人银行——敦茂银行。

1856—1860年第二次鸦片战争之后，中国作为战败国签署了不平等条约，这使宝顺洋行和其他外国公司的商业机会大大增加。在1858年的《天津条约》中，北京开放了十个外贸港口，外国船只有权自由地在长江上航行，该条约还首次允许外国人进入中国内陆。

除了香港和公司总部所在地上海，徐润在烟台、天津、镇江、芜湖、九江、汉口都建立了宝顺洋行的分公司。他还将公司的贸易业务拓展到日本的神户、长崎和横滨，并购置码头和船舶；公司的船队共有十艘船，其中包括在江河航行的船舶和远洋货轮。这是宝顺洋行最辉煌的时期，公司每年进出口额超过一千万两白银。按照上海外国企业协会的规定，身为总买办的徐润可以获得百分之三的佣金。这使徐润变得非常富有，并获得在外贸领域的宝贵经验。

与此同时，徐润个人的生意也得以发展。1859—1864年间，他在上海投资房地产，在温州、宁波和汉口投资私人银行；他还出口茶叶和丝绸，进口鸦片。

第二次鸦片战争和清政府被迫签署的条约，对中国产生了深远的影响。清朝的军队被规模只有其十分之一的英法联军击败，联军烧毁了堪称世界建筑奇迹之一的圆明园，皇帝也从皇城落荒而逃。这对一个长期自诩为世界中心的国家来说，简直是奇耻大辱。但从这一悲剧，出现了积极的力量。在曾国藩、李鸿章、张之洞和左宗棠领导下的一批高级官员决定，如果不进行变革，中国将沦为外国列强的殖民地。他们发起了洋务运动，旨在引进重大改革并实现国家的现代化。以唐廷枢和徐润为代表的香山之子，在这场运动中发挥了重要的作用。

此后，宝顺洋行的鼎盛阶段戛然而止。1867年，英国伦敦的一家贴现公司倒闭，这引起多家银行的挤兑和其他业务的垮台。怡和洋行由于提前得到消息，避过了这场灾难——它的邮轮比别人早一小时从加尔各答带回了消息，在香港公众得知消息之前，就从一家即将倒闭的银行抽走了自己的全部资金。但是宝顺洋行却没有逃过此劫，它被迫结束了在香港的业务。

1868年，徐润离开了宝顺洋行。在这里的十六年工作经历带给他巨大的财富和宝贵的行业经验。按照中国学者的说法，买办和外国老板之间的关系绝不是平等的。然而，两个人对公司的顺利经营都至关重要，买办负责处理“中国世界”的事务，从本地公司组织货源并管理本地员工；外国老板则负责处理“外国世界”的事务，包括联络外方买家、与银行协商提供融资、联系保险公司提供保险服务等。中国是一个有着严格等级的封建社会，管理外国公司的英国人和其他欧洲人就像中国政府里的官僚，而买办就像他们的下级。徐润和唐廷枢从他们的外国老板那里可以赚取财富和宝贵经验，但绝不会赢得平等或地位。

在徐润开始职业生涯的下一章之际，他可谓如鱼得水——他有丰富的外贸经验，了解中国和外国的港口，在全国各地有广泛的联系网，还有庞大的个人财富。他成立了宝源祥茶叶公司，在浙江、江西、湖北、湖南等省份设有分公司。他熟谙国内市场，并了解英国、美国、俄国等国家的消费者的品味。他和唐廷枢设立的上海茶业公所，控制了上海及周边地区的茶叶贸易。茶是中国四种最重要的出口产品之一，从1868年到1888年的二十年间，是中国茶叶出口的黄金时期。1886年上海的茶叶出口量为十三万四千吨，是1846年的七倍，占中国出口总量的百分之六十二。这个纪录直至1986年才被打破。

对中国来说，出口的快速增长既是好消息，也是坏消息。鸦片战争后签订的条约使中国开放了多个外贸港口，快速的现代化货轮将茶叶运到需求日益增长的西方市场，但这种海上运输的便捷也带来了鸦片进口的增加。因此，中国不得不出口更多茶叶和丝绸，以支付大量进口鸦片的开支。

上海的茶叶出口占全国总量的三分之二，宝源祥则是最大的茶叶出口商。徐润赢得了“现代中国茶叶出口之王”的美誉。他的公司还经营其他商品，包括丝绸、麻、棉花、烟草和桐油。

在接下来的二十年里，徐润成为了上海最著名的广东企业家之一。他获利最多的投资是房地产。上海具有在第二次鸦片战争后成为中国工业、商业和贸易中心的潜力，而徐润则是最早意识到这点的人之一。他在上海的黄金地段投资买地，大多是用私人财产向银行贷款融资。

他与中国和外国的合作伙伴合资，成立了五家房地产公司。每当他开发了一块地，就会将它抵押融资，再购买新的土地。截至1884年，他已在房地产上投资二百万两白银，总计购买了三千亩（二百公顷）的土地。他在这些土地上建设房子，盖了五十座公寓和二千家商铺。他还在天津、塘沽、广州、镇江、北戴河等城市购买土地，建造房屋。

中国学者估计，徐润每年可以赚取超过十二万两白银的租金，上海以外的房产价值超过一百万两。这使他个人的财富高达三百四十一万两白银，其中房产占二百二十三万两，股票占八十万两，当铺和银行占三十四万两。

1869年，苏伊士运河（Suez Canal）通航。1871年，海底电缆的铺设使上海和伦敦可以通过电报联系。国际贸易的步伐正在加速。

船运公司

从1873年开始，徐润改变了生活重心，这与他的朋友和同乡唐廷枢不谋而合。他们俩都密切参与了轮船招商局的建立，我们在上一章曾做过介绍。

唐廷枢任轮船招商局总经理，聘请徐润任副总经理，年薪数千两白银。徐润个人投资了二十四万两白银，几乎占总股本的百分之二十五。1884年，唐廷枢增资扩股，徐润认购得比谁都多，他将投资增加了一倍，达四十八万两白银。1876年，当唐廷枢前去成立开平煤矿时，徐润接手了轮船招商局的日常管理。

徐润在收购美国旗昌轮船公司的过程中发挥了重要作用。他得知该公司的财务困境时，唐廷枢正在福州出差，联系不上。徐润自己做出了决定——选择收购该公司。这次收购不仅跨出了公司发展的重要一步，同时标志着他们可以与外国船运公司竞争。

轮船招商局逐渐发展成为一家主要的全国性公司，拥有二十余个部门。唐廷枢和徐润将它作为一家现代企业来营运。当他们无法找到合资格的中国人任职时，就聘用外国人，尤其是那些具有技术能力和较强管理能力的人，以及船舶的船长，让中国人当他们的副手。1881年，公司拥有的船从最初的四艘发展到二十六艘，拥有泊位和仓库的港口从最初的两个增长到二十六个，包括横滨、神户、新加坡、马来西亚、越南和菲律宾。这是一个竞争激烈的市场，外资船运公司不仅有领先进入市场的优势，还拥有通过不平等条约获得的各种优惠条件。

保险业先驱

徐润和唐廷枢也是中国保险业的先驱。在1875年之前，该行业被外国保险公司垄断。当徐润为轮船招商局的第一艘轮船

» 中国轮船招商局位于上海的总部

» 中国轮船招商局的一艘轮船

“伊甸园号”（Eden）投保时，被外国公司拒绝了，理由是一艘中国船只悬挂中国国旗，他们不信任这种组合。经过艰巨的谈判，一家外国公司同意提供保险，但条款严苛、费用高昂。

1875年4月，招商局的“福生号”遭怡和洋行租用的“奥顺号”撞击倾覆。船上装有大米和酒，载着六十五名乘客和五十三名中外船员。共有二十三人淹死，价值十万两白银的货物丢失。上海政府和英国领事责令赔偿，但船主逃之夭夭，赔偿被迫推迟。

这件事使徐润和唐廷枢决定成立自己的保险公司。1876年，徐润、唐廷枢与另外两个合伙人集资二十五万两白银，成立了仁和水险公司，由轮船招商局管理。这是中国第一家保险公司，为轮船招商局的船舶和货物以及外国货物提供保险服务。不久之后，他们成立了济和水火险公司，总股本五十万两，为在内陆河流中作业的船舶提供保险。从1879年到1883年，公司丢失了七艘船。如果没有保险，公司将损失惨重。1886年，两家公司合并为“仁济和保险公司”。这是一家成功的公司，总资产高达五百万两白银，为轮船招商局和其他中国公司提供保险服务，并与外国公司在该领域竞争。他们是中国保险行业的先驱者。

与唐廷枢一样，徐润也是洋务运动的坚定支持者，并为运动中成立的公司投入了大量金钱、时间和精力。1861—1868年，他在国家的授意之下，共投资一百二十七万五千两白银成立多家不同的公司。

耻辱

19世纪80年代初，上海遭受了金融危机。这部分归因于丝绸市场的不景气，以及股份制公司的股票投机性需求。这导致房地产和大宗商品的价值下跌，而大宗商品普遍被用作贷款的抵押物。另一个因素是1883年爆发的中法战争。法国军队攻击台湾和福建，这在上海造成恐慌，使人们急于从银行取回他们的存款。

徐润也受到这场危机的影响。为了扩展业务，他曾大肆举债融资，用土地和股票作为抵押品。突然间这些资产的价值远远低于从前的价值，他却有大笔债务要偿还。为了还债，他从轮船招商局挪用资金。这种做法在中国企业家里十分普遍，他们会将个人与公司的财务混淆起来，等到有能力的时候，再偿还那笔钱。然而，轮船招商局不是徐润的私营企业，而是由国家最高领导层创建的国家公司。当李鸿章得知徐润挪用公款时，他非常生气，命令助手和亲信盛宣怀彻查此事。

对徐润来说不幸的是，他和盛宣怀是死对头，两人都参与了轮船招商局的业务。当徐润挪用公款的细节公开之后，他被迫辞职，声誉严重受损。虽然这种行为在私人企业家中司空见惯，但对一位富有而声名显赫的商业领袖来说是不可原谅的。自此，徐润再也没有得到李鸿章同样的信任。

东山再起

接下来的六年是徐润人生中最困难的日子。他声誉受损，被迫离开了工作十年的公司，他的茶叶生意和其他业务也都亏损了。不过，到了1890年，他已经把挪用的款项全数偿还给轮船招商局。

他决定选择新的人生方向，其中一个是成立中国首家私有的现代印刷工厂，这就是他于1882年成立的同文书局。徐润从英国进口十二台旋转式印刷机，并雇用了五百人，专门从事中国古籍的印刷和英文图书的翻译，出版了总计超过二十万册图书。这些图书质量精良，对社会产生很大影响，并有助于保存中国的文化遗产。李鸿章赞扬他选用了高质量的外文书籍，并帮助传播国内外的新观念。不幸的是，1892年工厂被一场大火烧毁，由于财务困难和竞争激烈，书局于1898年关闭。

另一个是开发中国的矿产资源。徐润和唐廷枢都是中国矿业的先驱者，他向唐氏成立的开平煤矿投资十五万两白银。在接下来的十余年间，他走遍大江南北，参与开发安徽、河北、热河、辽宁等地的煤矿、金矿和银矿。这些旅程把他带到以往从未去过的地方，远离长居的上海所拥有的财富和舒适，让他看到矿区艰苦的生活条件和极度贫困的生活。徐润从中年开始就患有肺病，但他不太留意。北方苦寒地区的生活，使他的肺疾加重了，咳嗽也愈来愈严重。

他最后的生意是精伦衬衫及裤子工厂，工厂原本由他的一位亲戚成立，但并不成功。1908年，徐润接手了工厂的管理，把它发展成为行业领袖，产品畅销中国及东南亚地区。徐润去世后，他的孙子接管了工厂，一直经营到八十多岁。

徐润的健康状况每况愈下。他曾在上海外国租界内的静安寺路上耗巨资建筑了宽敞的花园别墅，他在这里度过的时间愈来愈多，并在这里写下关于上海的记忆和随笔。1910年，他返回家乡香山北岭，并下令建造愚园，那是有绘画和雕塑作品、苏州风格的大园林。后来，它被毁于一旦。

1911年3月9日，徐润在上海的家中去世，享年七十三岁。一名随从携带着他的棺材乘船从上海经澳门回到香山的北岭村，把他安葬在当地的一处墓地。“文化大革命”期间，有人毁掉坟墓并打开棺材，发现里面只有衣服，也许他的遗体葬在上海了。

慈善家

晚年的徐润是一位热心的慈善家，在上海参与建立仁济医院、格致学院、中国红十字会及其他机构。1894年，唐山发生饥荒，他筹集了三十万两白银购买救灾物资。他和唐廷枢一起在上海成立广肇公所，成为在上海的广东人集会的地点。他为唐绍仪在天津建设的广东大厦提供三千两白银，并为建设家乡北岭的一所学校出资三千两白银。

1881年，他帮助了容闳赴美留学计划中被政府突然下令召回的中国学生。学生们抵达上海时，举目无亲，备受冷遇。徐润给他们每人三十至五十银元，并帮助他们在电报、铁路、轮船和矿务等多个政府部门或公司找到工作。

第五章 中华民国首任总理

唐绍仪 1862—1938 *Tang Shaoyi*

引子

在本书介绍的十二位唐家湾子孙中，唐绍仪是最著名的——他是中华民国的首任总理，在兵不血刃结束清王朝的谈判中，发挥了重要作用；在英国政府派出军队，试图征服西藏时，他是说服英国承认中国对西藏主权的外交官；他也是家乡的一位模范的领袖。总之，他成就非凡。

他是一百二十位在美国学习的年轻人之一。1881年返回中国之后，他在清政府内部担任高级职位，也是孙中山最重要的顾问之一。但是他对那些试图推翻清政府的革命者更为同情，他们当中许多人都是他的广东同乡。正因如此，共和国成立后，他成为首任总理。

在1912年辞职直至1938年去世前，唐绍仪一直是国民党内部的高层人物，但是并没有在政府中扮演重要角色。他的思想太自由了，他相信在美国七年间见到的体系，并且相信可以在中国实施。然而当时的中国还未准备好接受这些理想。1911年革命后，国家由将军和军阀控制。权力来自枪杆子，而唐绍仪并没有一兵一卒，只是一个被边缘化的人物。

他曾担任香山县县长五年。为了纪念孙中山先生，香山后来重新命名为中山。他是为草根阶层工作的模范领袖，把公共汽车和现代的自来水系统引进到家乡。他拒绝以往向他这个职位行贿的人，并自费进行许多改善项目。

唐绍仪是孙中山和许多高层人士的朋友和顾问。他在家乡建了一所宽敞的房子，用来招待客人；逝世后，他将房产留给镇上的居民。现在房子向公众开放，游人可以观赏他从亚洲各地带回来的多种植物。

早期生活和教育

与中国许多从事教育事业的人不同，唐绍仪出生于一个富裕的家庭。他在上海茶叶出口商唐永大（又名唐巨川）的六个儿子中排行第四。唐永大跟随亲戚唐廷枢进了城，唐廷枢帮他开始自己的生意；家庭只是中产阶级，并不富有。他们从唐家湾来到上海。1862年1月2日，唐绍仪在唐家湾出生。九岁的时候，他去上海和父亲团聚，并被父亲送进了一所教会学校。他在那里开始学习英文，并研习中国经典，成绩优异。这引起了族叔唐廷枢的注意，他很喜欢唐绍仪并且希望他能继续学业。在唐廷枢的建议下，唐绍仪成为赴美留学的年轻人之一。

唐绍仪的孙子唐景昙在唐家湾故居接受采访时说："在那个年代，富有的中国人绝不会把子女送到国外读书，出国的都是些为了改善生活的穷人。"但是唐绍仪的母亲却强烈支持这个主意。她从唐廷枢那里了解到在香港和澳门的中国人因为不会说英语，是如何受到剥削和欺负的。她意识到英语是一件重要的工具。对于这件事，唐绍仪的父亲没有反对，唐绍仪本人也很乐意去。

这样，1874年唐绍仪成为第三批赴美的中国学生之一，与他同行的是一位同乡。他先是住在马萨诸塞州斯普林菲尔德的尤金•加德纳（Eugene Gardner）家里，并在当地的胡克文法学校（Hooker Grammar School）完成小学学业。随后，他来到位于康涅狄格州的哈特福德公立中学（Hartford Public High School），并与另一个美国家庭一起生活。“这些家庭都很照顾他。”唐景昙说，“他们把他当成家庭一员，没有丝毫偏见。”他们希望他信奉基督教，但却没有给他施加压力。

他很快适应了美国的生活，并与美国人和其他外国学生交上了朋友。和其他中国学生一样，头上的小辫子令他非常尴尬，于是唐绍仪把辫子剪了。不过，每当要在美国谒见中国官员，乃至回到中国之后，他都会戴上一条假辫子。假辫子有时会掉下来，不过幸好没有人举报他的不忠行为。

以优异的成绩从中学毕业后，他进入美国哥伦比亚大学（Columbia University）学习文科。他在那里学习了一年之后，清政府就把留学生召回了。在美国度过的七年时光，对他产生了深刻的影响——他英语流利，熟谙美国社会和其思维方式。他可以轻松自如地和美国精英同学们相处，这给予他信心，并使他掌握与外国人交际和谈判的技巧——而这正是他回到中国后生活和工作的重要组成部分。他也相信自己亲眼所见的美国这个社会的一些优点，并寻求将它们引入祖国。三十年之后，这成了他获选为中央政府代表，与推翻清政府的革命党人谈判的关键因素。他同情他们，这使双方更容易达成共识。

遇见他的支持者：朝鲜十年

1881年回到中国之后，唐绍仪和其他学生被关在上海的一所大学里六个月。政府担心他们已经被“西化”了，于是坚持让他们接受六个月的再教育，“重新成为中国人”。唐绍仪随后在1885年被送到天津的海军学校学习，回来以后担任税务局的翻译。

他在天津遇上人生的第一个重大突破——结识袁世凯，清王朝统治的最后二十年间势力最强大的军事官员。北京已经将袁世凯派往朝鲜，为现代战争培训五百名战士，以抵御日本。1885年，袁世凯被任命为“驻扎朝鲜总理交涉通商事宜”的代表，相当于驻朝大使。他也是朝鲜政府的高级顾问。那段时期充满混乱和不确定性，中国和日本为争夺对朝鲜的控制权兵戎相见，各方在政府中都有支持者。中国是朝鲜传统的庇护国，日本则伺机欲凭借其新型的、现代化的军队取而代之。

1885年4月，中国和日本签署了《天津会议专条》（《中日天津条约》），双方约定在未通知对方的情况下，均不会向朝鲜派兵。唐绍仪和袁世凯在签约仪式上见面，两人一见如故，成了好朋友。袁世凯很欣赏这位曾在哥伦比亚大学学习、外语流利的年轻人所具有的风度和成熟。袁世凯在清政府的科举考试曾两次名落孙山，靠买官才在政府当上了小官员。其后，他利用父亲的关系，成为海军里的官员；通过在军队任职，他逐渐在政府里平步青云。在私人生活方面，袁世凯是个典型的高官——拥有十位妻妾、三十二个子女。在他看来，唐绍仪要想在清政府里前程似锦，急需一位支持者。在美国留学的七年并没有为唐绍仪的仕途带来好处，尤其在政府取消留学生项目之后。许多公务员都很保守，而且惧怕外国人，他们对这些回国的人充满怀疑，认为他们已经不是“纯”中国人，而是“半个美国人”，满脑子都是封建帝国难容的奇怪想法和理论。袁世凯的支持和赞助，使当时只有二十三岁的唐绍仪先在朝鲜、后在中国担任要职，这也成为他职业生涯的跳板。

“出于几个原因，袁世凯很喜欢我的祖父。”唐金堂说，“他看中我祖父的才华、有效率而且懂英文。有这样一位能干的助手，对他来说是件好事。还有个原因是，有一次全副武装的士兵来到汉城王宫，国王和袁世凯都在里面。唐绍仪站在宫外，将士兵赶走了。这两个人相互尊重。袁世凯能够身居要职，绝非等闲之辈。袁世凯倡导中国的现代化，而我祖父在这方面对他鼎力支持。”

1889年，袁世凯任命唐绍仪负责中国在朝鲜的重要港口——仁川的商务和政务。当袁世凯在1894年中日甲午战争前夕返回北京时，唐绍仪已成为他的主要外交顾问，并在该年开始负责中国在朝鲜的外交事务。这对袁世凯来说，简直是天赐良机，这使他没有直接参与中国可耻的战败，从而逃脱指责。战败之后，政府新建了现代化的海军部队，并让袁世凯负责训练。1901年，中国七个分区指挥官中的五人，以及一些高级军官都是袁世凯的部下。他的部队成为全国最训练有素、最高效率的队伍，这也使他成为中国最有实力的人之一。唐绍仪不可能找到比他更好的支持者。

1896年10月，唐绍仪被任命为中国驻朝鲜总领事。在朝鲜期间，他遇到了第二位夫人，她是朝鲜人。1898年9月，他因为父亲去世回国，结束了在朝鲜为期十年的外交生涯。他迅速在世界现实政治中上了一课，亲眼见证中国和朝鲜根本不是另一个比它们早二十多年进入现代化的国家的对手。

日本与中国面临同样的外部威胁，却做出了翻天覆地的改变，派学生去欧洲和北美学习成为现代化国家所需的科学、技术和军事技能。这就是它能在海战中战胜强大的邻国、赢得大片土地的原因。而日本在几个世纪以来都是中国的附属国。唐绍仪和其他中国人得到的教训是深刻的，中国只有推行改革，才能从战争的失败以及后续的经济损失中拯救自己。

回到中国之后，唐绍仪在袁世凯新建军队的总部担任他的秘书，并受命担任北方铁路的营运总监。为了影响他的支持者，唐绍仪把关于欧洲历史的书籍送给袁世凯，内容讲述工业和技术的进步如何与民主进程紧密相连。

义和团运动中为胡佛所救

1900年，袁世凯任命唐绍仪为山东省外事局的负责人。同年春天，义和团运动从山东蔓延到华北和东北的其他地区。全副武装的义和团成员烧毁教堂，杀害外国和中国的基督徒，并威胁阻拦他们的官员。6月5日，义和团切断了北京和天津之间的铁路线。

唐绍仪和家人住在天津的外国租界，他们和许多外国人及外国军队一起被困在这里。天津的基督徒从城里逃往位于租界的美国领事馆，他们和外国的传教士都是义和团暗杀的主要目标。

这些外国人中就包括未来的美国总统罗伯特•胡佛。身为一名矿业工程师，胡佛于1899年3月与妻子来到中国，在开平煤矿工作。那时他二十五岁，和家人住在天津。他在天津遇到了唐绍仪，并成为朋友。

1900年6月，义和团围攻天津租界近一个月。胡佛一家投入到该地区的防务之中；利用对当地地形的了解，胡佛为城市周围的美国海军陆战队指路，甚至连他的妻子也不得不使用手枪。他们用自己的房子为外国工程师和技术人员提供庇护。

一天深夜，义和团发射的一枚炮弹穿过胡佛家的后窗，并发生爆炸，将前门炸毁。胡佛和妻子幸免于难。而那时候，唐绍仪和家人就住在旁边的房子里。

又过了几个晚上，一枚手榴弹在唐家的客厅里爆炸。胡佛听见爆炸声，跑了过去，将身受重伤的唐绍仪夫人背了出来。她因伤势过重，不治身亡；他们的第四个女儿也遇难了。胡佛让唐绍仪一家在自己家中避难，并照顾其他的孩子。孩子当中包括唐梅（又名唐宝玥），她后来嫁给外交官顾维钧。顾维钧曾担任驻法国、英国和美国的大使，也是联合国的创始人之一。他代表中国参与第一次世界大战结束后在凡尔赛举行的和平会谈。1919年，唐梅在华盛顿拜访胡佛时说："我是唐绍仪的女儿。在天津被围困的时候，我们和你在一起。"

唐绍仪的妻子姓张，是广东香山本地人。她去世后，唐绍仪将她的骨灰带回唐家湾安葬。

在中国赚到第一桶金后，胡佛1901年底离开中国，并在1928年以共和党候选人的身份，当上第三十一任美国总统。

当外国军队将义和团镇压下去之后，唐绍仪负责从曾驻扎在天津的外国军队手中接管天津，并处理外国对直隶的索偿要求。他还为袁世凯及其助手在与外国公使或个人的谈判中担任翻译。在清廷里，袁世凯对他的工作大加赞誉。

1902年，袁世凯升任直隶总督，那是覆盖中国北方大部的一个重要省份。此前一年，袁世凯举荐唐绍仪担任天津市道台，晋升他为天津海关道，这可是政府要职。为了征收海关贸易税，1854年，外国领事在上海设立了帝国海事海关服务。经过二十年的营运，征得的款项达北京政府收入的三分之一。到1900年，共有二万人在中国四十个主要的海关部门和附属部门工作。从1863年到1908年，海关总税务司长是爱尔兰人罗伯特•赫德（Robert Hart）。他是19世纪后半叶最有影响的外国人之一。

赫德设立了翻译局，将国际法、科学、世界史、时事材料翻译成中文，还设立了邮政服务和中央统计办事处。那里有大量的外国员工，主要是英国人、德国人、美国人和法国人，后来也有日本人。1854—1949年，这是中国政府中唯一作为独立实体持续营运的机构。

这个机构能够发挥为政府增加收入的作用，因此唐绍仪担任的监察长职位很是重要。“我感觉应该优先收回海关管理权。”他说，“这是中国的海关。我们应该让外国人为我们工作。尽管这极为困难，但我会尽全力实现它。”

1903年和1904年，唐绍仪还在天津担任北洋大学的学监。北洋大学当时成立还不到十年，是按照欧美高等教育机构的模式创建的。他派出三十四名学生赴海外留学。1905年，唐绍仪鼓励巴黎的中国使馆将第一个中国人送往法国军事院校圣西尔军校（École Spéciale Militaire de Saint-Cyr），他的名字叫唐宝潮。1951年，北洋大学更名为天津大学。

捍卫西藏

1905—1906年，唐绍仪取得外交生涯最伟大的成功——与英国谈判并达成协议，英国承认中国对西藏的主权。尽管在与外国列强的谈判过程中，他们手中握有军事和经济的王牌，唐绍仪总是处于弱势，但他仍然取得了这一成就。他在伦敦利用对本国政治的了解，终结了英国官员和印度驻军对西藏野心勃勃的企图。

1903年12月，在荣赫鹏上校（Colonel Francis Younghusband）的指挥下，一支驻扎在印度的英国部队入侵了西藏。这是殖民势力首次派兵进入这一偏远地区，尽管这一行为并没有构成威胁。此次入侵的原因对外宣称是防止该地区受到沙皇俄国的影响。俄国却并无此意——此次入侵实属殖民冒险主义。这是一次短暂而血腥的运动，西藏人完全处于英国军队的火力的压制之下，毫无还手之力。1904年8月，拉萨被占领，却并没有俄国军队的踪迹。

荣赫鹏上校于1904年与西藏当地政府签署了《拉萨条约》（*Anglo-Tibetan Agreement of 1904*），其目的就是把西藏从中国分割出去。协议允许英国在西藏的三个城镇发展贸易，并要求西藏支付五十万英镑的赔偿金。协议又正式承认锡金与西藏的边界，并宣布西藏将不会与其他外国列强有任何关系。清政府拒绝承认这一条约。

1905年，政府任命唐绍仪为全权代表，在印度与英国谈判西藏事宜，并把他送到加尔各答——当时的英属印度首都。唐绍仪用流利的英语谈论多个国家的法律和宪法，以及大英帝国的方方面面，令英国谈判代表印象深刻。英方要求唐绍仪签署协议，但他拒绝了，称西藏不是一个主权国家，然后便结束谈判返回北京。他知道这场由印度的英国总督发动的侵略，并没有得到伦敦政府的支持。

唐绍仪回到了北京。1906年，英国派遣公使前往北京，恢复谈判。这次唐绍仪并没有谈论法律和想法，而是关注主权问题。他展示了多份能够证明西藏属于中国的旧地图和文件。最终，双方签署了1906年《中英续订藏印条约》（*Anglo-Chinese Convention of 1906*），将主权归还清政府。英国同意不吞并西藏领土或干涉西藏政务，而中国同意不允许任何其他国家干涉西藏领土或内政。

唐绍仪正确地分析了伦敦的反应。殖民战争已经愈来愈不得人心，公众和政治舆论都反对无缘无故地发动战争——俄国并不计划控制西藏。此外，英国民众认为1904年3月31日的战争是一场屠杀——六七百名西藏人被杀，一百六十八人受伤，英国则有十二人伤亡。这场战斗是马克西姆式重机枪和军用步枪对抗手持刀剑的平民。在英国的政党和民众中弥漫着这种情绪，这也说明了英国政府为什么愿意在协议上签字。唐绍仪的外交技巧在北京受到广泛赞誉。

1993年6月，他的女儿唐宝珊向珠海博物馆捐赠了清政府任命唐绍仪负责谈判的信函。

铁路和满洲

从1905年到1907年，唐绍仪获得开发中国矿藏和铁路的国外贷款。1906年，他被任命为国家铁路公司负责人；翌年3月，他与英国签署协议，修建广州与九龙之间的铁路。英国控制下的香港段于1910年10月通车，一年后延伸至广州，这条铁路在一个多世纪以后仍然在运行，每天运送成千上万名旅客。

政府任命唐绍仪的目的是收回对铁路网络的控制权。中日甲午战争的失败，使其意识到这样一个铁路网络对建设强大的军事和工业国家的重要性。但在财务和技术上的羸弱，又使清政府只能依靠外国对铁路进行融资和营运。帝都北京是这一网络的中心所在，几条线路均从这里开始。其他线路建在山东、广东、从上海到南京，以及从昆明到越南北部的海防港。从1890年到1905年，利用清政府的特许权，几乎所有铁路的规划、融资、建造和营运都是由外国势力完成的。为了鼓励发展所有权归中国的铁路线路的发展，政府在1904年允许各省建立自己的铁路公司，并通过向公众出售股票筹集资金。

在被称为满洲的东北三省，铁路建设对经济发展至关重要。这里地广人稀，冬季气温可降到零下三十摄氏度。1902

年，俄国完成了中国东部铁路的建设，通过海拉尔（Hailar）在契塔（Chita）附近与西伯利亚铁路相连，经满洲的哈尔滨通向连接太平洋的海参崴港（Vladivostok）。与原先完全铺设在中国境外的主线相比，这条铁路线大幅缩短了旅途的距离和时间。1898年，俄国也建造了一条长达五百五十英里，从哈尔滨通往旅顺的铁路。旅顺位于辽宁省，是大连的不冻港。在1904—1905年的日俄战争中失败后，俄罗斯失去了对这条铁路的控制权；长春和大连之间的铁路归日本南满洲铁路公司（South Manchuria Railway Company）所有。该公司成为日本对中国东北实行经济殖民的工具。

由于担心日本在满洲的势力及其对铁路系统的控制不断增强，政府在1907年4月任命唐绍仪为奉天（辽宁）巡抚，其使命就是在满洲建设中国的铁路网络与日本南满洲铁路公司抗衡。他与美国驻沈阳领事威廉•司戴德（William Straight）商议如何建设这条铁路，以及在满洲成立一家银行。他还请英国公司投资中国铁路。但他失败了。日本通过对投资人施压并与他们谈判，从侧面瓦解了他的计划。

丢官

1908年，慈禧太后去世，她亲信之一的袁世凯被逼下台。没了这个强大靠山的支持，唐绍仪丢掉了奉天巡抚的职位。

同年10月，唐绍仪前往美国，感谢美国政府归还义和团运动的部分赔款，用于赴美中国留学生的教育。他是说服清政府接受赔款并将之用于教育的人之一。他从上海出发，先去了日本，后前往美国。此后，他又前往欧洲，直至1909年7月才返回北京。1910年，他被任命为邮传部尚书，但不久即辞职。

王朝末日的关键角色

1911年10月10日，武昌爆发了一场成功的军事政变，此后清政府在1912年走向灭亡，而唐绍仪在这一过程中发挥了重要作用。这是中国历史上最重要的时刻之一——统治了这个国家超过两千年的封建王朝从此土崩瓦解。辛亥革命与在英国、法国、俄国和其他国家发生的革命运动完全不同，它没有造成血腥内战或处决皇帝；更有甚者，末代皇帝溥仪和他的家庭被允许继续在皇宫居住长达十年之久。

到了1911年，皇帝和朝廷几乎失去了所有权力。他们将权力转交给袁世凯，授权他接管全部的政治和军事权力，并代表他们谈判。因此，在武昌起义后，代表政府与革命党进行谈判的责任就落在了袁世凯头上。那是个危险的时刻：这个世界上人口最多的国家突然出现了权力真空。没有人能预测结果，很有可能爆发革命和内战。袁世凯指派唐绍仪代表他进行谈判。

唐绍仪是他的心腹，又是亲密的顾问。两人已共事三十年，唐绍仪是毫无悬念的选择。12月初，唐绍仪一行乘坐火车离开北京，前往武汉。他们于12月11日抵达武汉，革命党坚持谈判在不受任何一方控制的中立地点——上海举行。他们在南京路的外国公共租界内选了个地方，于12月18日开始谈判。

革命党的首席谈判代表是伍廷芳。与唐绍仪相比，他甚至更不像个典型的中国人。伍廷芳1842年出生在马六甲，中学就读于香港的圣保罗书院。他曾在伦敦的林肯律师学院（Linconln's Inn）学习法律，并且是英国历史上首位华人律师。1877年，伍廷芳回到香港从事律师职业，成为香港首位华人非官守立法局议员。从1896年到1902年，以及从1907年到1909年，他还曾作为清政府的代表前往美国、西班牙和秘鲁担任公使之职。

这两个人有诸多共同点——都是广东人、都受过西式教育、都担任过外交官，而且都会说流利的英语和粤语。他们早已彼此熟悉，并且惺惺相惜。他们都曾在西方世界游历多年，并很接受西式的思想。在他们的谈判中，他们可能更愿意说英语或者广东话，而不是北京官话。

他们的谈判进展非常顺利，因为二人有相同的目标——建立一个自由民主的政府。伍廷芳起初青睐像英国和日本那样的君主立宪制国家，但后来认为那种制度在中国的环境下根本行不通。于是他坚持共和制是不可让步的。唐绍仪表示同意。这两个人开始讨论应该采取什么形式的共和制，他们约定采取国民议会制度。唐绍仪将这一提议通知了北京的袁世凯，并警告如果他不同意，将会引发战争。袁世凯表示赞成。但清廷内有一股很强大的势力坚决反对该项提议，他们要求袁世凯取消协议，召回唐绍仪。此时的袁世凯举棋不定，反复动摇。他一方面希望国家现代化，能昂首屹立于日本和西方列强之前；另一方面，他有极强的野心，希望在未来的新秩序中独占鳌头。如果那个民主的国民议会没有选择他呢？不过至少在谈判之初，他是支持唐绍仪的。

为了显示对革命党的忠诚，唐绍仪加入了他们的党派——同盟会，这是日后国民党的前身，并且支持任命他们的候选人——孙中山担任总统。孙中山于1912年1月1日就任中华民国首任总统，他任命唐绍仪担任总理。在袁世凯和共和党人的斡旋之下，溥仪皇帝于1912年2月12日退位。溥仪获得与外国元首同等的待遇，他和朝廷被允许继续住在紫禁城北部的寓所和颐和园之中，每年还可以获得四百万两白银。他的命运与沙皇尼古拉斯二世（Tsar Nicholas II）和法国国王路易十六（Louis XVI）大相径庭。

但是唐绍仪与他的支持者的分歧却愈来愈大。袁世凯逐渐相信唐绍仪未经他的批准，就与革命党签署了协议。新的政治秩序并未确保他获得最高的职位，他不接受由孙中山担任总统的提议。随着清王朝的覆亡，中国出现了两个权力中心——其中一方是控制着最有实力的军队的袁世凯，另外一方则以孙中山、唐绍仪和革命党为代表。此时，外国列强采取隔岸观火的态度，他们希望继续保有在中国的特权和经济利益，并愿意支持能够保障他们权益的一方。

唐绍仪重组了新内阁。十二名成员中有九名曾经留学海外，包括曾在德国学习的教育总长蔡元培、曾在英国学习的海军总长刘冠雄、曾在日本学习的农林总长宋教仁。当中数人是同盟会的成员。唐绍仪想实现一种彻底的变革。他在上海谈判期间，会晤了孙中山；二人有许多共同的理想，并一直用广东香山的方言交流。

1912年3月25日，唐绍仪在南京完成组阁，并于4月份迁至北京。他的理想是将孙中山的理想主义与袁世凯的政治和军事力量结合起来，但是他未能实现这一雄心壮志。袁世凯仍然是个希望只手遮天的极权统治者。他并不喜欢唐绍仪自己组阁，命令唐绍仪同意要求外国银行调查新政府的财务状况，但是遭到拒绝。随后，袁世凯拒绝了唐绍仪选择革命党成员王芝祥担任直隶总督，即便是在省议会投票支持他之后。在两种势力的抗衡过程中，袁世凯既有军权又有财权，占尽上风；孙中山和唐绍仪则两手空空。1912年3月10日，在职不到三个月之际，孙中山辞去了总统职务，由袁世凯继任。唐绍仪于6月15日辞职，他表示袁世凯欺骗了民众，牺牲国家利益为自己谋私利。这两个人已经共事三十年，但唐绍仪无法接受袁世凯成为最高统治者、将革命倒行逆施的野心。

» 唐绍仪（左）获总统孙中山（右）任命为中华民国首任总理后合照

» 中华民国首任内阁的成员。唐绍仪坐在最右侧

厌恶政治

唐绍仪对在北京目睹的一切深感失望，于是搬到了由外国势力控制的上海。他成为金星人寿保险公司的董事会主席。1913年3月，在上海的一个火车站，宋教仁被一名枪手开枪击毙。包括唐绍仪在内的很多人都认为是袁世凯指使人暗杀了他。唐绍仪勃然大怒，拒绝了进入未来政府的邀请。

他在上海的家是位于法租界福开森路（Route Ferguson，今武康路）四十号的一幢大别墅。在1916年9月18日一份美国报纸发表的报告中，美联社将其形容为一幢有围墙的欧式别墅，外面有个长满热带花卉的大花园。这幢房子有许多阳台和接待室，接待室里总是挤满了等着见唐绍仪的人。唐绍仪很富有，他喜欢古董家具和瓷器，他在国内外访问期间，搜集了不少奇珍。

1915年12月，袁世凯称帝。唐绍仪和蔡元培电告袁世凯，请其下野并放弃称帝企图。袁世凯的统治持续了不到三个月，在中国历史上为期最短。1916年6月6日，他死于尿毒症，享年五十六岁。袁世凯死后，唐绍仪对在孙中山领导下的中国的未来感到更为乐观。新总理段祺瑞组建了新内阁，任命唐绍仪为外交总长。9月17日，唐绍仪去北京赴任，因遭到军阀的反对，于9月29日辞职。翌年8月，孙中山任命他为财政总长，但由于内部派系斗争严重，他无法接受这个职务。

1919年，他发电报给政府，表示支持五四运动。运动由北京十三所高等院校的学生组织，抗议凡尔赛和平会议上给予作为战胜国——中国的条款。协议将山东东部的德国租界转让给了日本，却没有归还给中国。学生抗议政府的软弱无能，无力在会议上捍卫国家权益。全中国的学生都以这些学生为楷模，工人和商人也在上海发起一场大罢工。

唐绍仪认为协议对中国极不公平，于是电告中国在凡尔赛的代表、他的女婿顾维钧，拒绝在协议上签字。抗议取得了成功，中国没有签署协议。中国与德国单独签署了一份协议。尽管如此，日本还是控制了在第一次世界大战期间获得的山东诸地，以及太平洋的一些岛屿。

重返唐家湾

唐绍仪对中央政府的政治愈来愈心灰意冷，不愿参与其中。从1917年到1922年，他担任孙中山广州护法军政府的幕僚。1920年，他返回家乡唐家湾。他数次拒绝了请他重返政府任职的邀约，包括1924年段祺瑞政府请他担任外交总长。

他是有信念的人，无法容忍将军和军阀干扰政治，而他的标准远远超过生他养他的这个国家所能接受的标准。1928年，有人在新政府所在地南京为他提供一片土地，用以盖房子。当时市内的地价飙升，许多官员都利用职权炒地图利，唐绍仪却拒绝了这种机会。

1929年，唐绍仪成为家乡中山县的县长。中山原名香山，为了纪念它最著名的子孙孙中山，被重新命名为中山。当时，唐绍仪是一个非常富有的人，在广东省富甲一方。“终其一生，我祖父做过许多种投资：矿山、铁路、保险和银行。”他的孙子唐景昙表示，“他拥有许多股份，上海四大公司中的两家——先施和大新，都是由唐家湾的人创建的。他拥有这两家公司的股份。他在上海、天津、北京都有房子。北京的家靠近颐和园，而天津的家在外国租界里。孙中山曾经在天津的唐家避难。唐家在香港、澳门都有房子。”

唐绍仪希望中山变成一个模范县。这其实是在地方层面的政治权术，而唐绍仪对此再熟悉不过了。他能够掌控自己家乡的一切，而这在国家机构中是无法实现的。他将行政中心从县城迁至唐家湾的望慈山房，这是当年他为缅怀母亲而建的一处带大花园的宽敞宅院。这里既是他的家，也是政府所在地。

他引进了公共汽车，并将自来水和厕所排水系统引入百姓家。他开掘的地下井，一直沿用至今。他建设了中国其中一条最早的乡村水泥路，又致力于开发农业和银矿。他还在一个曾经走私猖獗的地区设立了带海关的商务码头，为政府向往来货物征税。县城保留部分收入，其余上缴中央政府。

唐绍仪经常与民众打成一片，当地人都称他为“布衣县长”。他为政清廉，绝不容忍腐败。建设道路和医院这些项目中，有许多都是唐绍仪自掏腰包完成的；县政府自身财力有限，而来自南京的资金更是微乎其微。后来毛泽东称赞他是极少数放弃中央政府的福利和特权，返回家乡的官员，大多数官员只愿意反其道而行之。唐绍仪住得离办公室很近，他在附近一处宽敞的宅院——共乐园款待客人。这是他在1910年购买并开发的花园，环境引人入胜，格局精妙。

不过，即便是在自己的家乡，他也无法逃避中国政治的诅咒。唐绍仪曾与广东军阀陈济棠结怨，陈济棠嫉妒他的声名与财富远在自己之上。1934年10月，陈济棠以讨还士兵欠薪为借口，派兵包围了唐绍仪的家，逼迫他辞职。1936年，在和陈济棠再次发生冲突之后，唐绍仪离开唐家湾，搬到在上海法租界的房子。他已经受够了。他走后将共乐园捐赠给作为非政府组织的村委会，因为他想把它留给家乡。他把属于自己的其他财产都保留在乡镇的名下。

日本侵华

搬到上海的时候，唐绍仪已届七十四岁高龄，本该颐养天年。但是他却无法享受安逸的生活。1937年，日本全面对中国开战。从8月到11月之间，百万士兵投入了毁灭性的上海战役，这场战役发展到上海的街头巷尾、千家万户。最终，日军靠着

» 唐绍仪的办公室位于他在唐家湾的私人宅院共乐园中

精良装备和火力优势，占领了上海。日军有九万三千名士兵阵亡、受伤或失踪，而中国有三十三万三千五百人伤亡。这是第二次世界大战中规模最大的战役之一。战斗集中在上海市内由华人控制的区域，而不是唐绍仪所在的外国租界。日本还没有能力在袭击中国的同时，打击西方列强。12月，日本军队占领国民政府所在地南京，蒋介石政府搬到重庆。

在占领了中国大片土地后，日本希望设立政府以对抗蒋介石，并帮助他们管理已占领的区域。国民政府出现了分裂：大多数人相信战争将持续下去，并寄望西方列强帮助中国；少数人则相信中国无法战胜日本，而西方的殖民力量则是更强大的威胁。他们倾向与东京合作，尽量减少继续战争而造成的生命、财产损失。双方都希望唐绍仪能够支持自己。唐绍仪是前总理，担任国民党高级官员超过二十年，无论他加入哪方，他的出现都会带来声望和支持。

日军进攻之前，唐绍仪已经将家人从上海送到了香港安全的地方。重庆政府派代表来到他家，请他离开上海加入他们。日本代表和他们的中国合作者试图说服他加入亲日政府。1938年1月19日，《纽约邮报》（*New York Post*）援引匿名消息人士的话，称尽管唐绍仪已经从国家政坛退休超过十五年，他将在南京领导得到日本支持的国民政府。据说他是一个玉器和瓷器的热情收藏者，而且还是扑克高手。见过唐绍仪的人当中包括日本特务机关在中国的负责人土肥原贤二，他能说流利的普通话。土肥原邀请唐绍仪领导亲日政府。

1938年9月28日清晨，唐绍仪在家中招待了几个亲日的中国人。两天之后，便有人来访，并将他刺杀。关于此事的真相，有不同的版本。其中一个是，刺客赵理君毕业于黄埔军校，是蒋介石的特务头子戴笠最信任的特务之一。戴笠正式的职位是军统局局长。唐绍仪家的接待室客厅有保镖，赵理君以讨论购买唐绍仪最喜爱的瓷器为由进入房间，用藏在裤袋中的刀将唐刺杀，随后关上出口的门。刺客告诉保镖："他在等我。我要去为他再挑选一件更好的瓷器。请等我一下，我马上回来。"然后登上在外面等候的一辆汽车。当有人发现唐绍仪遇袭，立即将他送往医院。但是他终因送院太晚，失血过多而亡。赵理君行刺的动机就是阻止唐绍仪加入亲日政府。

以下是唐景昙的叙述："我祖父留在上海是为了清理一些事物。他计划应罗斯福总统的邀请前往美国。祖父的确见过土肥原，他本人的声望要比汪精卫（后领导亲日政府）高许多。但他告诉土肥原，自己年事已高，没兴趣加入政府。刺客以向我祖父展示一件瓷器为由进入了房间。祖父有两名俄罗斯保镖（当时在房间外面），刺客告诉保镖说要去取什么东西。他将凶器藏在拿回来的瓷瓶中，将祖父刺杀。这个决定是上海特务头子做出的，并没有得到蒋介石的批准。那个年代的通信没有现在这么发达。日本人不敢对祖父下手，因为他年纪太大，而且太知名了。"

战争结束后，土肥原被东京的远东国际军事法庭判决犯有战争罪，并判处死刑。他于1948年12月23日，被绞死在东京的巢鸭监狱。

这起谋杀是个悲剧性错误。唐绍仪并不愿意加入亲日政府。他在美国有许多亲戚朋友，完全有途径和经济能力移民美国。但是国民党内部有些人担心他会与日本合作，便下了刺杀令。

蒋介石和他的政府还是信任唐绍仪的。他们拨款五千元筹办唐绍仪的葬礼，并为他颁布了荣誉令，又下令将他的生平写入国民党历史。

唐绍仪的朋友、美国总统胡佛赞扬他是一位“正直、有能力、有理想的人”，“对中国未来充满远大的抱负”。

遗产

唐绍仪有个大家庭。他有三位妻子、六个儿子和十三个女儿。在十九个子女中，有十三人活到了成年，其中包括四个儿子。他的第一任妻子张氏在天津去世，死于遭义和团炮击留下的伤口；第二位妻子郑氏是朝鲜人，是他在当地任职时娶的。根据唐景昙的描述，她大约三十岁时死于感冒。“这件事发生在我父亲唐柱在天津出生后不久。北京的慈禧太后召见她，没有人可以拒绝。路上颠簸辛苦，她在途中就生病了。”他的第三任夫人是吴维翘。“伍廷芳将她介绍给祖父。她出自承德的大户人家，毕业于东吴大学。从1932年到1938年，她居住在家族在香港的房子里。”

唐绍仪的家族成员散布全球，因为他将许多子孙送往国外求学。他的一个女儿嫁给了顾维钧，这是他1908年在美国自己选的女婿。2013年1月25日，他第十三个女儿唐宝珊在澳洲去世，享年八十三岁。唐宝珊是唐绍仪和吴维翘的女儿，在众子女中排行最小，也是最后离世的。她生于1930年，五岁时和父母来到上海。曾赴英国学习护理，后来在香港一家医院工作。在那里，她遇到并嫁给西医曹培清，两人后来定居澳洲。2008年曹培清去世后，她与独子在悉尼生活。2012年6月，母子二人最后一次来到珠海参观，纪念列祖列宗，并拜访家族亲友。2004年，她向香洲教育促进会捐款六万元人民币。她还向唐家湾中学捐款六万港元，建设图书馆。为了表彰她对唐家湾的教育和文化事业的贡献，她获评为荣誉市民。

唐绍仪喜好奢华的生活方式，热爱古董、青铜器和瓷器。他在上海和几个城市留下了宽敞的宅院，在唐家湾也有几处房产。

他最伟大的遗产是留给家乡的宏伟园林，现在被称为共乐园。这座园子占地四万平方米（六亩），是唐家湾最知名的旅游地。园里有千株树木，包括三百种来自韩国、印度、泰国、马来西亚和菲律宾等地的树种，都是唐绍仪旅行后带回来的。1910年，他买下了这片房产。1914年和1921年，他将一座小山铲平，扩建了花园，增加了一个网球场和有曲折石径环绕的人工湖，是仿照杭州西湖而建的。他是出于“风水”考虑才选择在此地建园，这里山丘连绵，海景近在眼前。

唐绍仪在花园里建了一幢雅致的三层小楼，用于办公和接待客人；曾接待的客人包括罗伯特•胡佛、中国京剧表演艺术家梅兰芳，以及国民党二号人物、后来领导亲日政府的汪精卫。他会和客人在网球场切磋球技。

花园里有不少珍稀的树木，有的已经有超过一百年的历史，其中包括梅兰芳种的桉树，以及唐绍仪亲自栽种的罗汉松。

园中的一间屋子已经变成了博物馆，展出唐绍仪人生中充满回忆的照片和文件。年轻的唐绍仪身处美国的一群中国留学生之间，身处陌生环境，他的表情僵硬而不安。还有一张照片是西藏和谈结束后他与英国总督的合影。中华民国首个内阁的成员合照，充满了希望和乐观的精神。在写给女婿的信中，他要求拒绝签署《凡尔赛和约》。1938年来自国民党一位高官的一封英文信，请唐绍仪与日方接洽，争取达成和平协议。这里还展出与1901—1909年的美国总统西奥多•罗斯福一家的合照。

还有一个房间摆放了唐绍仪三位妻子和多个子女的照片。随着他见证年轻的共和国被军阀、内战和日军入侵弄得满目疮痍，照片上的面容也日渐苍老、悲伤。不幸的是，许多珍贵的历史信件、文件、照片和其他物品在过去七十年间的动乱和政治运动中散失了。

园中的工作人员称，来自内地不同地方的政府官员都会来这里参观。他们会在唐绍仪办公室中央的天窗下站立。这个天窗和北京天坛的相似，但面积要小些，风水极佳。

“唐先生让他们反复念诵一句口号，”其中一名工作人员说，“就是‘升官发财’。他们站在这里祈祷自己财源滚滚。”唐绍仪将通往屋顶的楼梯设计成棺材（官、财）的形状，与那句口号一语双关。

1989年，唐绍仪的第三位夫人吴维翘将唐绍仪担任县长时居住的望慈山房捐献给政府。现在这里已改造成长者活动中心，还用砖扩建了一部分。地处小镇背后的大花园也建成了一所中学。

第六章 清华大学首任校长

唐国安 1858—1913

Tang Guo'an

引子

唐国安家境平平，是容闳的留学生计划中第二批赴美的学生。当清政府命令他回国的时候，他和同学正就读耶鲁大学法学院一年级。回国之后，开始了辉煌的职业生涯，他曾做过教师、记者、外交官、反鸦片活动家，以及大学校长。

1909年2月，他在上海的首届国际鸦片会议上用英语发表了慷慨激昂的演讲，在全国一鸣惊人。中国是这种全球性祸害的最大牺牲品，不仅占全球鸦片产量的百分之八十五，还是最大的进口商。中外媒体用大篇幅报道了唐国安的演讲，这次会议为1912年海牙签署的《国际鸦片公约》（*International Opium Convention*）奠定了基础。他用雄辩的口才和道德力量，与从鸦片贸易中获取数百万美元暴利的强大利益集团抗争。

唐国安对中国做出的最大贡献是教育领域。时隔三十二年之后，他和两家公司一起重启了容闳将中国学生送往美国的计划。他们利用庚子赔款所得的部分款项完成了该项目。1909年9月，唐国安像容闳一样，亲自陪同首批四十七名学生前往美国，确保他们在美国的学校和大学中得到妥善的安置。

随后，他创立了清华学校（清华大学前身），作为中国学生赴美留学的预科学校。他说服政府将北京西北占地三十公顷（一公顷等于一万平方米）的皇家花园给他作为新大学的校址，此后，又扩建到八十公顷。1911年10月的辛亥革命之后，因为一名军阀窃取了它的经费，大学被迫关闭。唐国安是留在校园里为数不多的几个人之一，在他的悉心关照下，大学重获新生，赢回了收入，从中国和美国招聘了高质量的教师。1912年10月，唐国安成为清华学校第一任校长。他建立了中国第一所最现代化的大学，清华的毕业生可以顺利地进入美国的大学并取得优异成绩。他为清华成为中国顶级的两所百年名校之一奠定了基础。

不幸的是，建立清华学校的压力严重损害了他的健康。1913年春，他发现自己患有心脏病。同年8月21日，他向外交部提出辞呈，让副手接替他的职务。就在第二天，他死于心脏病，年仅五十四岁。包括中国人和外国人在内的大批哀悼者，出席了清华学校为唐国安举办的追悼会，体现出中外社会都给予他极高的尊重。

唐国安拥有坚定的信念，而这正源于他接受的儒家教养和强烈的基督教信仰。

早期生活

1858年10月27日，唐国安出生于唐家镇的鸡山村，父亲是唐陶福。他家住在一所有两个房间的灰砖房子里，房子现在还屹立在鸡山村，旁边就是为了纪念他设立的纪念馆和一所以他名字命名的中学。他从唐家湾的私塾里开始了求学生涯。

在族叔唐廷枢的推荐下，唐国安成为由容闳组织的政府选派的一百二十名赴美留学成员之一。1872年，他在同文馆预科学校学习了一年，这所学校是容闳在上海创立的，他主要在这里学习英语。

作为第二批四十人之一，他于1873年出发。同行的还有他的唐家湾同乡唐绍仪。他先去了马萨诸塞州的斯普林菲尔德，住在霍尔小姐（Ms. D. T. Hall）的家。他在当地的一所学校里学习了两年，为读中学做准备。随后，他转到了马萨诸塞州北安普顿的北安普顿高中（Northampton High School），并于1879年6月毕业。全班十七名学生中，他和另一个中国同学梁普照并列第一。此后，他去了位于新罕布什尔州埃克塞特（Exeter, New Hampshire）的飞利浦埃克塞特学院（Philips Exeter Academy）。这所学校创立于1781年，有强烈的宗教背景，是美国一所顶级的私立学校。无论是当时还是现在，这所学校的许多学生都进了美国顶尖的大学。唐国安到来之前，两位美国总统——富兰克林•皮尔斯（Franklin Pierce）和尤利塞斯•格兰特（Ulysses Grant Jr.）都曾在那里学习。亚伯拉罕•林肯（Abraham Lincoln）之子罗伯特（Robert Lincoln）也曾就读于这所学校，后来成为军事部长。

在埃克塞特时，唐国安住在劳拉•格雷夫女士（Laura Graves）的家里。寄住的美国家庭周日会带他去教堂，他决定受洗。基督教信仰日后成为他生命中最强大的影响力之一。

鸡山村的纪念馆中展示了学生们居住的宽敞房子的照片。只有富人和中产阶级以上的美国人才生活在那么舒适的家中。学生们进入了美国社会的精英阶层。

从飞利浦埃克塞特学院毕业之后，唐国安获耶鲁大学法学院录取。他加入了德尔塔•卡帕•爱普希龙兄弟会（Delta Kappa Epsilon fraternity）。在学习期间，他将省下的钱寄给远在唐家湾的母亲。

他在耶鲁大学学习了一年，在二百名学生参加的拉丁文考试中获得了二等奖。但不幸的是，由于清政府命令所有学生回国，他无法完成耶鲁大学的学业。他在法学院就读的第二年中，返回了中国。他为在耶鲁大学的经历感到骄傲，与一些校友终身保持联系。

《纽约时报》（*New York Times*）描述这些中国学生时说："他们勤奋好学、聪明睿智，能够克服学习过程中的许多困难，并完成'我们美国学生都很难完成'的任务。"唐国安就是一个典型的例子。他珍惜得到的宝贵机会，勤奋而专注，克服了语言障碍，在美国两所精英学院的激烈竞争中脱颖而出，成绩优异。学校和他居住的家庭充满了教育和基督教的氛围，这使他有很强的宗教信仰和道德感。这些都成为他生命中重要的指南针，帮助他未来面对战争、革命、腐败和中国人与外国人之间的不平等。终其一生，他都与基督教会及其机构保持密切联系。

1881年8月，学生们奉命回国。回到上海，等待他们的是个冰冷的欢迎仪式。派往美国的一百二十名学生中，共有九十六人返回中国，其余有的已去世，有的早于他们返国，还有的决定留在美国。当中有二十一人马上得到了工作，但是包括唐国安在内的第二批和第三批学生，被扣留在求志书院接受重新培训，以便成为“中国人”。许多在政府工作的人都认为这些学生不可靠，因为他们离开了太久，而且被美国化了，有人称他们为“假洋鬼子”。政府禁止他们在外国政府和外国公司工作——而这些地方正是最容易雇用他们的，因为他们具备出色的英文能力和在国外的经历。政府表示已经为留学生在美国的学习和生活支付了大量费用，因此他们必须在回国后为政府工作，偿还投资。

返回中国

经过几个月在上海的“再教育”，唐国安被派往天津由传教士医生约翰•肯尼思•麦肯齐（John Kenneth Mackenzie）经营的一家医院学习医学。和其他学生一样，没有人征求他的意见，问他是否愿意去，完全是政府官员做的决定。唐国安发现自己对医学没有兴趣，于是借口母亲生病，离开了那里。

» 唐国安（右二）和同学摄于在美国留学期间

» 唐国安（左二）和其他归国学生合照

1883年，他到了一家英国贸易公司——怡和洋行工作。

第二年，他娶了香港富商关永发之女关岳葵为妻。

从1884年至1887年，他在美国驻天津领事馆及广东湛江的一家美国贸易公司——旗昌洋行担任翻译。

这些工作都是非法的，因为政府禁止他为外国人工作。不幸的是有人举报他，他将面临严厉的惩罚。幸好美国驻天津领事派翠克•威廉斯（Patrick Williams）为他求情，他才得以用二千两银子脱身。这笔钱由唐廷枢提供，用以支付他在天津医学院和在美国留学所欠的学费。唐廷枢也是唐国安在美期间的担保人。从那时开始，他不得不在政府部门或国有企业为政府工作。

1890—1899年，他曾在唐廷枢成立的开平矿务局工程公司工作，担任公司总裁的助理兼英文秘书。1899—1900年，他被任命为北京到沈阳之间国有铁路线的营口站站长。

然后，他成为上海圣约翰书院（St. John's College）的一名教师。这是1879年在苏州河畔成立的一所美国圣公会学院。这所学校主要以中文授课，1891年转为用英文教学。1905年，它在华盛顿特区注册登记，成为圣约翰大学，从而拥有了美国国内大学的身份。由此，它的学生可以直接进入研究生院学习。从1907年开始，它成为中国第一所授予学士学位的机构。在以后的四十年里，它吸引了一批最聪明、最有才华的中国人。他们在海内外许多领域成就斐然。唐国安在大学期间，热衷于学生事务和基督教青年会（Young Men's Christian Association，YMCA）的活动。

在1898—1901年义和团之乱期间，唐国安成了他们其中的一个目标。义和团选择刺杀传教士——“洋鬼子”和中国的基督徒——“二洋鬼子”。基于安全考虑，他不得不逃往香港。他在香港创办基督教青年会，并担任第一届董事会主席。

外国军队平定叛乱之后，唐国安于1903年回到上海，成为粤汉铁路首席审计师。这条全长一千零九十六千米的铁路线于1898年动工，直至1936年才得以竣工。唐国安为铁路公司工作了四年。其间他还担任上海基督教青年会的领导人，为成员创立报刊，并在北京设立分支机构。他亦有参与其他志愿组织。

1903年底，他成立了耶鲁大学校友会（Yale Alumni Association）。对唐国安和许多像他一样留美归国的人来说，上海是中国最适宜居住的城市。这座城市大部分都由外国势力控制，提供了中国其他城市不具备的空间和自由度。他们能以一种不被其他地方允许的方式发表言论、撰写文章、组织活动。1921年7月，共产党能在不受中央政府及警察控制的上海法租界成立，这绝不是巧合。

唐国安有强烈的个人及社会道德意识，把提高国民的道德标准视为自己的使命。要做的事情实在太多。衰败的清王朝历经一个半世纪后，已经滋生许多令唐国安这样的人很反感的现象：妇女缠足，普遍吸食鸦片，政府和商界的腐败，低水平的公共卫生，中国人与外国人之间的不平等。他开始针对这些问题发表言论和著作，逐渐声名鹊起。

创立报刊

在这种使命的推动下，1905年8月23日，唐国安、颜惠庆和其他几人创立了中国首份面向旅居上海的外国人的中英双语报纸——《南方报》，旨在表达中国人的观点。该报每周六天出版，刊登有关中国的新闻，并倡导更好的公共道德、结束腐败和“弃恶扬善”。

报纸每周都会发表由唐国安和颜惠庆撰写的评论文章。他们非常坦白直率，探讨有争议的问题，并不惧怕攻击当权者。当时负责管理外国租界的租界工部局被外资控制，评论文章批评该局对市内中国居民的政策。像容闳和其他曾在美国学习的人一样，唐国安不能接受在自己的国家当二等公民的地位。

在耶鲁大学时，老师和同学对他很友善，并没有因为种族不同而歧视他。但是在自己的国家，唐国安却发现外国人瞧不起他。外国人享有中国法律的豁免权，即使他们打了他，甚至杀了他，他们既不会被中国警方逮捕，也不会在中国法庭受审。他们只接受本国警察和法庭的处理。更糟糕的是，唐国安要比许多他接触的外国人受过更好的教育、更精于世故，但在法律方面却始终处于下风。

这些活动并没有使唐国安和他的同事受到上海政府的青睐，他们希望唐国安闭嘴。这份报纸并没有存活多久，于1906年结束了。同年8月，报纸在另外的管理层领导下重新开业，成为一份中文报纸。1908年2月，报纸在营运两年半之后停刊。

外交生涯

唐国安作为记者、活动家和教师的工作经历，使他引起了北京外交部门的注意。由于愈来愈多西方国家参与中国的事务，这里迫切需要具有外语技能和对外交往经验的人，而唐国安就具备这样的资历。自从他1881年回到中国，就参与各种公共事务，他在外国人的圈子里有很多朋友和联络人。外务部希望收回通过不平等条约割让给西方列强和日本的主权，唐国安和其他从美国留学归来的人一起投身到这项事业中。

1907年，唐国安加入了外务部。外务部交给他的第一项任务是修建北京到沈阳的铁路。这条铁路由政府修建，为北京和东北满洲地区的主要城市提供服务。沙皇俄国和日本一直积极在该地区修建铁路。政府希望保障中国的利益，并保证这一战略行业不完全受外国控制。

唐国安还为包括袁世凯在内的政府高级官员担任英语翻译

兼秘书，袁世凯时任直隶总督兼内阁部长。直隶是中国最重要的省份之一，范围包括今天的北京、天津、河北、辽宁西部、河南北部和内蒙古自治区等地。1907年底，唐国安陪同资政院特别专员访问日本。

1908年，唐国安陪同高级行政和军事官员到厦门与美国太平洋舰队指挥官见面。在厦门期间，他会见了一个菲律宾华人代表团。这些人向唐国安反映他们在回到中国后，很难返回菲律宾探望亲人，因为菲律宾仍处于美国的控制之下。第二天，他和上司在厦门的鼓浪屿与太平洋舰队的指挥官见面，很快解决了这个问题。《纽约时报》于1908年6月28日报道了这件事。

此后，唐国安投身到两件涉及中美关系的重要事业之中——结束国际鸦片贸易和重启中国学生赴美留学项目。

抗击鸦片

从1901年开始，驻菲律宾的美国圣公会主教查尔斯•亨利•布伦特（Charles Henry Brent）就针对鸦片在菲律宾的滥用写信给美国总统罗斯福。他提议中美双方再就此问题召开一次国际会议。总统接受建议，经过在不同国家进行为期一年的复杂谈判，他们同意于1909年2月2日至26日在上海召开会议。

这种毒品是全球性的灾难，而中国是受害最严重的国家。

1906—1907年，全球的鸦片产量估计为四万一千六百吨，几乎是一个世纪之后非法鸦片生产量的五倍之多。中国占总产量的百分之八十五，印度占百分之十二，波斯占百分之一点五。当今全球鸦片的主要生产国阿富汗，在当时的产量非常低。

当时最大的鸦片出口地是印度，其次是中国香港和新加坡，它们主要是再出口商，并非生产商。中国是全球最大的进口国，进口量为三千三百吨。欧洲最大的进口国是英国，进口量为三百八十六吨，主要用于再次出口。从19世纪上半叶开始，无论是从人道、经济和道德层面来说，鸦片都是中国与西方列强交往中得到的最具灾难性的结果。

1860年第二次鸦片战争战败后，中国被迫将鸦片合法化，从而开始大量在本国生产及进口鸦片。截至1906年，中国百分之二十七的成年男性都经常使用鸦片，一千三百五十万人口每年消耗三万九千吨鸦片。这对吸食鸦片的人、对他们的家庭、对整个国家的经济都是巨大的灾难。1839年第一次鸦片战争前，中国享有对英国的贸易顺差，白银储备也得以增加。而鸦片进口的增加则使顺差逐渐变为逆差。与此同时，1868年英国通过了《1868年药房法》（*Pharmacy Act of 1868*），禁止将鸦片出售给职业医生。1874年，伦敦成立了“英华禁止鸦片贸易协会”（Anglo-Oriental Society for the Suppression of the Opium Trade）。英国政府虽然努力保护本国人民不受鸦片毒害，却乐意看到中国人吸食鸦片。

在中国的国际公司从鸦片贸易中获益丰厚，许多外国人都将吸食鸦片视为中华民族道德沦丧的标志。他们不去责备鸦片的供应商，却将责任推到消费者身上。他们说是消费者选择把钱花在鸦片上，正是政府的软弱和无能使其无法控制这种行为。但有一群外国人——传教士们坚决反对这种说法。

在1890年的上海传教士会议上，他们组织了中国反鸦片联盟，在每个传教士机构都设有分支机构。美国传教士科伊特·杜·博伊西（Hampden Coit Du Boise）担任第一任主席。联盟在中国和海外出版了关于反鸦片的书籍和小册子。唐国安与这些传教士来往密切，他认同他们的理念并积极参与上海的反鸦片活动。他们认为在中国进行的这项活动需要国外的支持。中国人成立了反鸦片社团，通过召开群众集会、销毁吸食鸦片的工具，并由演讲者解释鸦片上瘾的可怕后果等方式，激起公众反对鸦片的情绪。1906年，政府颁布法规取缔这种药物，但收效甚微。

正是在这些中国人和外国人的共同努力下，首届关于鸦片的国际会议于1909年2月在上海召开。会议被称为国际鸦片委员会而不是会议——会议代表有权利起草法规，签约国的权利将受到约束；而委员会只能提出建议，这意味着成员国可以保持沉默。最初的计划是将会议的范围限定在亚洲，但只有鸦片的生产国、制造国和消费国都参与，问题才能得到解决。因此，他们达成妥协，即会议代表只以顾问的身份面对各自的政府，这使得大部分殖民国家都可以来参加会议。

中国代表团由两广总督率领，包括唐国安在内共三位代表。由于唐国安拥有强烈的主张、接受过高等教育，并能说流利的英语，政府选定他担任发言人。

这次会议在召开之前，已经产生了影响。各国为了能在会议上显示取得的进展，纷纷推动改革。因此，一些国家在1909年之前就报道本国的鸦片进口和销售有显著下降。会议之前最重要的变化就是中英之间的双边协议，该协议要求在1908—1917年之间，英国逐步取缔鸦片的在华销售，中国则应限制本国罂粟的种植。

会议于2月2日在外滩的皇宫酒店，即现在的和平饭店的南楼开幕。饭店门外的一块牌匾纪念了此次会议。共有来自十三个国家的代表团参加会议，分别为中国、美国、英国、法国、德国、俄罗斯、日本、意大利、荷兰、葡萄牙、土耳其、暹罗和波斯。这次会议首次详细介绍了鸦片问题的全球概况。

唐国安以流利的英语发表演讲，并回答英国和荷兰代表的提问。他表示很难了解在中国生产和消费鸦片的实际数字，估计1906年的生产量为三万四千八百吨。中国四亿人口中，有五千万成年男性，当中有一千三百四十五万五千六百九十九人吸食鸦片。按照吸食鸦片带来的死亡、生产力损失，以及原本可种植其他作物，却种植鸦片而造成可耕地面积的损失等因素计算，他估计中国每年因鸦片造成的损失为八亿五千六百二十五万两白银。他又表示，鸦片的进口占了中国贸易的百分之七点五，“它给全球造成的经济损失是如此惨重。全球都无法允许它继续存在”。

“鸦片是我们国家面临的最紧急的道德和经济问题。对中国来说，此次会议的结果比对其他任何国家都重要。为了解决这个问题，我们必须依靠自己。但是，国际合作对解决此问题来说同样极为重要。”他又描述中国正在开展的反鸦片活动和努力，“鸦片问题已经激起了整个国家的愤怒，贯穿南北、横跨东西每个社会阶层：官员、学生、士绅、农民和普通工人。所有人都团结一致，决心彻底摆脱这个国家的祸害。取得最终胜利的最大希望，决定于我们如何利用群众的这种愤怒情绪。”

他还分析了鸦片贸易如何损害了这个国家的进步和现代化，并呼吁殖民强国废除有关鸦片的不平等条约。他又从道德层面探讨这个问题，说儒家和基督教的原则都呼吁禁止。“我们必须牢记：‘在人类的法则之上还有更高的法则。这种法则高于经济准则，高于自然准则，这就是永恒上帝的法则。’孔子曾说：‘己所不欲，勿施于人。’用耶稣基督的话说则是‘爱人如己’。”他的演讲感动了与会者和大众。中国媒体广泛报道了他的演讲，称之为语言清晰、逻辑井然、具说服力。这是中国反抗鸦片的里程碑。

《北华捷报》（*North China Herald*）在2月6日发表了演讲全文，文章在英国和欧洲其他国家被广泛转载。上海基督教青年会秘书长威廉•沃特•洛克伍德（William Wirt Lockwood）说，这篇演讲充满智慧和激情，并表达出中国对殖民国家的要求。“在说服英国政府改变对华鸦片贸易政策方面，他（唐国安）做的远远超过其他任何人。”

会议闭幕时就禁止鸦片及其衍生品的种植、吸食、走私达成了九项决议，其中包括采取行动停止在中国境内的外国租界里进行鸦片交易。此次会议奠定了首项国际药物管制条约，即《国际鸦片公约》的基础。该条约在1912年签署，正式将禁毒明确为国际法的组成部分。

1911年12月及翌年1月在海牙召开了鸦片委员会大会，唐国安是中国的三位代表之一。会议召开之前，他前往欧洲和美国收集相关信息。与此同时，他也花时间为下一个人生的重大使命——成立清华大学——做准备。

在美国受教育

与容闳和其他曾经赴美留学的人一样，唐国安强烈相信海外教育的价值，并坚信这是将中国变为一个强大的、现代化的国家的最佳途径。他对清政府拒绝派孩子出国留学的决定感到愤怒。中国如何才能变为现代化国家呢？他每天都亲眼见证国家政策带来的结果——政府、工业、商业、教育等领域的重要职位都给了外国人，他们拿着丰厚的薪水，享受优厚的待遇，因为没有中国人可以胜任他们的工作。在与外国人进行的政府和商业谈判中，中国人更是因为缺乏知识、技能、技术和外语能力而处处受限、举步维艰。由此对个人、公司和国家造成的经济损失更是无可计量。

一个意想不到的机会出现了，能够重启三十年前曾被突然终止的项目。这源自美国反对全额接受北京政府就义和团运动支付的赔偿金。政府已同意支付四亿五千万两白银，这在当时价值约三亿三千万美元，再加上每年百分之四、为期三十九年的利息。美国的份额为百分之七点三二，这就超出了它原本要求的金额。

中国驻华盛顿大使梁诚发起了一场运动，说服美国返还其所要求金额与实际获得金额之间的差额。梁诚十二岁时曾作为容闳赴美留学项目的成员，前往美国菲利普斯学院（Phillips Academy）和阿默斯特学院（Amherst College）学习。美国驻北京公使提出将这笔钱用于教育，在中国的美国传教士也建议这样做。

1907年，美国总统罗斯福接受这项建议。他认为将这笔款项用于资助中国学生在美国接受教育，将使他们怀有亲美情绪。他决定从政府应得的二千四百万美元中，拨款一千一百万用于此项用途。两国于1908年10月签署了一份协议，这笔钱将用于资助赴美留学生的选拔、培训和交通事宜，以及他们在美国求学的费用。从1909年开始，在第一至第四年间，每年将有一百名学生赴美留学；从第五年开始，每年将有五十名学生赴美留学。协议呼吁将这个项目持续进行到1940年。

1908年6月，北京的外交部和教育部成立了一个美国留学部门，监督该计划的实施。唐国安被委任负责部门的日常营运。这是他人生中最快乐的一项任务，也是他全身心投入的一个项目——个人的理想能与政府的理想完全吻合，这是多么难得和令人欣喜的时刻啊！他的许多合作伙伴，都是像唐绍仪那样曾与他一起去美国留学的人。

唐国安曾在那段时期撰写的一篇文章中，强调留学生计划的重要性："自1904—1905年日俄战争开始，中国的领土就被其他国家侵略……我们必须要避免芬兰、波兰和印度这些国家的命运。中国已经到了国家历史上最危急的时刻。一个军队和海军都羸弱不堪的国家，在海牙法庭或者其他国际会议上是没有发言权的。"

他说，几十年来，由于军事上软弱不堪，中国已经饱受凌辱，国家利益也被巧取豪夺。中国已经丧失了作为日本、缅甸、朝鲜保护国的地位，并失去了香港、澎湖列岛、台湾、冲绳和成为俄罗斯远东地区的领土；高州湾、九龙、青岛、威海卫等城市和辽东半岛也落入外国势力手中。

"更重要的是，中国要向殖民列强支付超过一亿两白银的庚子赔款。当他们走出国门时，中国人受到了各种屈辱，饱受仇视和偏见，甚至遭受暴力和酷刑。一些国家利用法律和条约防止中国人入境。在我们的国家，西方人有权从事贸易，政府却丧失了应有的权力。外国人享受保护的法律，强迫我们支付进口关税。他们散播鸦片贸易和在他们的租界建立军事基地。他们在我们自己的港口控制对外贸易，抢走我们的邮政大权。”

“我们的学生们必须忠于政府、热爱祖国。当然，他们会对统治者的无能感到气愤，但是这种态度对国家是有害的……当他们回国后，必须忘记过去、珍惜未来，勇敢前行，把国家变得强大起来。”

“看看日本的例子，那些孩子都愿意献身天皇，这是一种世代传承的忠诚。我们要把中国建设为最先进、开放和强大的国家。”

1909年，该部门举行首次考试，唐国安是三位考官之一。这次考试与容闳当年寻找愿意赴美留学的学生相比有天壤之别，申请者如潮水般涌来。通过严格的考试，四十七名学生从六百三十名申请人中脱颖而出。

当他们在同年9月前往美国时，唐国安与他们同行。从上海到旧金山的航行用了整整二十天。他们从旧金山乘跨洋列车抵达马萨诸塞州的斯普林菲尔德。他们是自1881年以来首批在美国留学的中国学生。与最早一批学生一样，唐国安安排他们前往不同学校就读，并住在当地家庭里。他又为学生订立了行为规则。他满意地看到所有学生都得到了妥善安排，并适应了新

» 1910年，唐国安组织的第二批赴美留学生在北京的合影。他坐在前排右

的环境，便返回了中国。1910年7月，他的部门举行了第二次考试，结果有七十名学生入选。

清华学校

唐国安和同事们担心，他们选中的学生还不够优秀，不能在美国的大学里学习。于是，他们建议在中国成立一所预科院校，清华学堂由此诞生。政府接纳唐国安的提议，将北京西北占地三十公顷的“清华园”旧址拨为校址。修建的费用出自美国政府的资金。1910年底，开始建设教室、学生宿舍和中外教师的宿舍。1911年2月，唐国安和工作人员入驻学校；同年4月29日，学校更名为清华学堂。那天是星期天，也成了清华成立的日子。学校共有四百六十名学生和十八名来自美国的教师。1911年6月，唐国安在学校的花园里举行了第三次测试，六十三名学生入选，唐国安又额外增加了十二名学生。由于选拔严格，学生的素质很高，他们日后在美国也取得了良好的成绩。

那年10月，发生在武汉的一场革命导致清朝的覆灭（详见第五章）。政府陷入动乱之中，实力最强大的军事领导人之一袁世凯，将留给清华学堂的资金拨给了他的军队。突然没有了资金，所有人都害怕会发生什么。11月，唐国安下令停课。学生和大部分教师都回家了，唐国安是继续留在学校的几个人之一。

他的侄子唐孟伦赶来帮忙，并提供枪支和由二十四人组成的保安队，他们日夜在校园巡逻，保护学校免受攻击和损害。

1911年12月和1912年1月，唐国安前往海牙参加国际鸦片委员会，他是中国三位代表之一。1912年1月1日，孙中山总统领导的新政府正式成立。唐绍仪被任命为首任总理，他与唐国安一起回国，彼此是多年的朋友。唐绍仪从清华学堂中为新政府选拔人才，几位教授相继接受了职位，但唐国安婉言谢绝了。他决心完成自己在清华开始的使命。

1912年初，当唐国安于从海牙的反鸦片会议返回之际，他发现大部分员工都已经离职了。这给了他创建自己心目中的学校的机会，一所在中国绝无仅有的学校。他采用了西方的教育体系和校长负责制，强调科学和技术。唐国安订立很高的道德标准，选择的教师大部分是基督徒并坚守"全人教育"的理念。他还成立了一家医院，聘请美国医生，照顾教师和学生的健康。

唐国安规定，因为这是美国的预科学校，它必须建立在美国的模式之上，包括课程、学习材料、教学方法和生活方式。许多教授都来自美国，许多课程和校园活动都用英文进行。1912年5月1日，在关闭了五个月之后，学校重新开课，唐国安出任监督。同年10月17日，学院正式命名为清华学校，唐国安成为第一任校长。

» 1911年清华学校的一座教学楼

唐国安全力以赴投入工作，负责招聘教师、筹集资金和规划建设。许多教授都和他一样，曾在美国学习并了解当地大学应有的标准。他设计了一套相当于美国大学第一年和第二年的课程，毕业生可以衔接美国大学第三年或第四年的课程，或者进入硕士和博士课程的学习。课程的设置有文理之分，有必修课和选修课，并尤其重视专业教育。

1920年11月，在访问清华期间，英国哲学家罗素（Bertrand Russell）说："你（唐国安）把一所大学从美国搬到了这里。"

为了预留扩建空间，并充分利用来自庚子赔款的资金，唐国安又在毗邻学校的地方收购了两个皇家园林——近春园和申春园，还额外购买了土地，使校园总面积达到八十公顷。他在这些额外的空间增建了科学大楼、体育中心、图书馆和大型会议厅。

最令唐国安头疼的是如何取得本应属于学校的钱。新政府力量薄弱且不稳定，总统孙中山仅仅在任三个月，便于1912年3月12日辞职，他的职位由总督袁世凯取而代之。袁世凯将庚子赔款的钱挪作私用，投放在自己的军队。他对唐国安的诉求完全置之不理。因此清华学校没有适时得到资金，拨款总是迟迟才到。截至1912年8月，唐国安已经从两家外资银行借了二十万两白银，相当于年开支的三分之一。他甚至无法支付学校的开支，只能四处奔波，向外资银行、外交部和财政部寻求帮助。

同年7月，他在写给外交部的信中强调，庚子赔款只能用于学校，不应被视为国家财政收入的一部分，按照政府意愿使用。“这件事情的解决将确保学校的未来。”他说。

1913年初，清华的五名学生前往马尼拉参加第一届远东运动会。尽管唐国安不是运动员，他却热情支持学生和年轻人进行体育锻炼，并亲自带队。这是中国队首次参加国际运动会。

种种压力和不确定性使唐国安的健康承受了沉重的压力。他白手起家创建了中国的第一所大学，甚至不知道自己能否有资金支撑学校营运。他既是校长又是主要的筹款人。他从清朝发起这个项目，经历一场革命之后，变为为中华民国工作。这是一个充满不稳定性和混乱的时代，政府彻底重组，大部分官员也被替换了。

同年春天，他发现自己患有心脏病，健康状况每况愈下。他这样写道：“这一整年下来，我把一半生命献给了学校，另外一半用来偿还债务。”副手周诒春接替了他的部分职务。

唐国安心力交瘁，疲惫不堪。1913年8月21日，他向外交部递交辞呈，请求让周诒春接替他的职位。他赞扬周诒春有很强的责任感，对事业充满热情，且具有远见。他说自己去年没有休息过一天，为替学校寻找资金的事呕心沥血，投入大量精力。他内心非常焦虑，却没有得到任何帮助。第二天下午4点，外交部还没来得及批准他的请求，他就因突发心脏病去世，享年五十四岁。在遗嘱中，他将自己的藏书赠予学校，并表示在他妻子去世之后，所有财产都交与慈善机构。

许多人参加了学校为他举办的追悼会，其中包括中国政府的高级官员、外交官和其他外国人。那些无法亲自到场参加的人，包括基督教青年会的代表，都敬献了花圈。

周诒春没有辜负唐国安的期望，成为了一名出色的校长。1928年8月17日，学校更名为国立清华大学。唐国安的照片悬挂在大学校史画廊的墙壁上。

唐国安的朋友D. Y. Lin曾写过一篇感人的祭文："作为清华学校的校长，他无私地工作，使许多崇拜者都聚集在他身边。毫无疑问，正是他组织并创建了今天这样一所学校。每当想起他过早离世都令我们无比悲伤。中国失去了最好的公民之一，清华失去了无私而充满活力的校长，我们失去了最宝贵的朋友。"

遗产

唐国安走了，他的生命是短暂的，他的使命尚未完成。新的中华民国迫切需要他这样的人才，因为它正努力在清朝统治的衰落和腐败之上建立一个全新的国家。教育是新中国的核心所在，为了成为现代化国家，并与世界其他国家竞争，中国需要接受过专业培训、掌握外语且了解外面世界的年轻人。以他的教育背景、理想信念，以及对学习的热情，唐国安是提供这种教育的理想人选。在政局混乱而不稳定的时期创建清华学校，使他的健康承受了太大的压力，这真是令人痛心的悲剧！

他的大学友人陈鹤琴在著作《我的半生》中写道："唐国安是名基督徒，待人极为真诚。他对所做之事均十分勤勉，视学生为兄弟、教职人员为朋友。正因如此，他深受学生爱戴。他只担任了很短时间的大学校长，便因病去世，这太让人痛心了！我们都非常难过，就好像失去了慈爱的母亲。"为了纪念他，大学为他塑了一个铜像，并将它放置在正门的东墙。不幸的是，可能是20世纪60年代的多场运动，这座雕像现今已经消失了。

清华和赴美留学项目是唐国安最大的遗产。清华大学自成立以来，历经军阀统治、国民党和共产党统治时期，至今仍是中国高等学府之一，并孕育了许多顶尖人才和领袖人物。其中庚子赔款计划的毕业生包括诺贝尔物理学奖得主杨振宁、数学家钟开莱、中国的火箭计划之父钱学森、北京大学校长和中国新文化运动领袖之一胡适。毕业生之中还包括清华大学、浙江大学和暨南大学未来的校长。

唐国安纪念馆

在清华大学和唐国安的家乡鸡山村，人们仍然怀念他。鸡山现在是珠海经济特区的一部分。2011年3月20日，一座为纪念唐国安而成立的博物馆正式开馆。博物馆耗资一千五百万元人民币，旁边简朴的两房小屋就是他成长的地方。博物馆前面有一块草坪，中间庄严矗立着唐国安的雕像。博物馆总共三层，二楼展出他人生不同时期的照片、地图和用过的物品，包括他在香港基督教青年会的照片、在上海创办的反对外国特权的报纸以及在反鸦片会议上的讲话。这里有他童年时期、学生时代和职业生涯中的各种展品，包括信函、演讲稿和照片等。博物馆旁有一所以他名字命名的中学。博物馆和中学都是崭新的红砖结构，面对着连绵起伏的山丘美景。博物馆的负责人是班勇，他是珠海清华毕业生协会秘书长。

与唐家湾的其他子孙不同，唐国安并没有花钱修缮祖屋。在美国求学期间，他曾给家里寄钱；但是回国之后，他工作非常繁忙，很少有时间回乡。他和妻子没有自己的孩子，领养了一个儿子。

为博物馆收集物品的人是杨毅，他是珠海容闳与留美幼童研究会的秘书长。他说："唐国安在四个领域为中国做出了突出贡献，首先是将中国学生送往美国，培养人才；其次是通过反鸦片、反迷信、反缠足、反对纳妾和反对其他社会不公的运动推动了国家的进步；第三是传播基督教，他并没有通过武力、商业或物质利益，而是出于基督教自身，使之成为一种本土的宗教；第四是他在媒体领域的工作，他参与创办四份报纸，通过这些报纸表达了中国的观点。他从未考虑过定居美国。"

第七章 军人政治家

蔡廷干

1861—1935

Cai Tinggan

引子

蔡廷干拥有令人瞩目的职业生涯：海军军官、总统顾问、国家税务局局长、外交官、短期的外交总长以及学者。

他有四点与唐绍仪相似或一致：第一，他和唐绍仪都在清政府与发起1911年10月辛亥革命的革命党的谈判中发挥了重要作用。第二，同样作为幸运的一百二十名留学生之一，他在美国的八年间学到了许多技能，回国之后充分地学以致用。在清政府中，蔡廷干的英语能力和外交知识颇受赞誉。此外，在1894年到1895年的中日战争中，他在清廷的海军服役，表现英勇，曾身负重伤被关押在大阪的监狱中。第三，他在清廷内的晋升也要归功于袁世凯的支持，袁世凯是清末二十年间最有实力的官员之一。第四，1911年后，袁世凯拒绝接受共和国，蔡廷干对清政府的忠诚也随即产生了动摇。袁世凯宣布称帝之后，蔡廷干和唐绍仪就此与他分道扬镳。

此后，蔡廷干担当多个重要职位，尤其在税务和金融领域，并在1926年担任了四个月的外交总长；次年5月，他从公共生活中隐退。

晚年，蔡廷干以北京清华大学和燕京大学教师的身份，活跃于大学讲堂。他著书立说、翻译文章，其中《唐诗英韵》按照英文韵律翻译中国诗歌，是最早由中国人将中文诗歌翻译成英文的著作。1932年，芝加哥大学出版了此书，并获得一致好评。由于蔡廷干文武全才，朋友们给他起了个绰号“儒将”。

早期生涯

1861年4月15日，蔡廷干出生于香山的上栅村，他的父亲是位工程师，曾在天津学习机械学。他在唐家湾的一所私立学校接受早期教育。正是这种联系，使他获得了宝贵的赴美学习的机会。1872年，他与父母在天津生活，通过在唐家湾的朋友关系，他的父亲建议送蔡廷干赴美深造，容闳同意了他的请求。于是，蔡廷干前往上海的一所预科学校学习。这所学校是容闳成立的，专门让学生为赴美留学做准备。

1873年，十三岁的蔡廷干和第二批共三十名学生一起启程赴美。到了美国之后，他和另外两名中国学生一起住在康涅狄格州的哈特福德的麦克林（A.S.McClean）夫妇家。他们先在一所语言学校学习，随后进入新英国中学（New Britain Middle School）。1874年，照顾他们的丽贝卡•麦克林女士（Rebekah McClean）建议将包括蔡廷干在内的三个男孩送回中国，因为他们实在太淘气了。容闳和三人面谈，他们流利的英文给容闳留下了深刻印象，于是他做出了不同的决定。他将蔡廷干和唐元湛送到马萨诸塞州东部的工业城市洛厄尔（Lowell），他们不再学习人文科学，而是在一家工厂里学习机械。在最后一个学年，他们学习了制造弹药。蔡廷干后来说自己曾在那里制造了一把加特林枪（Gatling gun）。毕业后，他进入了洛厄尔机器厂，并进一步丰富在工业机械方面的知识。

蔡廷干在美国生活了八年，他和自己的中国同学一样，很好地适应了新环境。他的思维方式和行为举止与身边大多数的美国年轻人一样。他愈来愈感到自己与那个被他甩在身后封闭的、封建的体制格格不入。他是最早将自己的“猪尾巴”剪掉的学生之一，此举无疑是对政府的抗议。1881年，他不得不和其他学生一起奉命返回中国。

向日本海军发射鱼雷

回国之后，他被派往天津的大沽水雷学堂学习水雷技术。他在那里四年，学习关于水雷的理论知识和实际操作，以及电子机械、采矿和勘探等技术。他在英国、美国和法国教师的指导下工作，这段经历进一步丰富了他的科技知识，拓展了他对外界的理解。1884年，他在一名海上作业的英国海军军官手下接受培训，并被派往福建省的一艘船上工作。1885年，他所在的部队参加了中法之战，这是两国为了争夺越南北部东京（今河内）的控制权而发生的冲突，在浙江、福建和台湾等省都发生了海战。

1888年，蔡廷干被派往北洋水师，它是中国四大海军部队中规模最大、装备最现代化的队伍。北洋水师驻扎在山东省东部的威海卫，负责渤海湾、辽宁、河北和山东等省，以及中国的朝贡国朝鲜的防务。蔡廷干在位于大沽口基地的一艘鱼雷艇上服役。1892年，经过三年多的训练，他被任命为鱼雷艇“福龙号”的指挥官。1894年，北洋水师成为中国海军中装备最为精良的部队，1881—1889年之间，它收购了八艘武装巡洋舰，其中七艘在德国和英国制造；此外还拥有两艘先在坦特伯雷度〔Stettin，今波兰什切青（Szczecin）火神船厂（Vulcan Shipyard）〕、后在德国制造的七千四百三十吨战舰。“福龙号”是八艘鱼雷舰之一。从数量上来说，仅北洋水师拥有的舰艇就与日本的整支舰队旗鼓相当。

正在崛起的强国日本与逐渐没落的强国中国之间的竞争，终于在朝鲜这个中日都想控制的国家爆发了。1894年8月1日，两国正式宣战。9月15日，日本的帝国军队袭击了由一万五千名中国士兵驻守的平壤；中国军队被击败了，二千人阵亡，四千人负伤。

两天后，日本战船在鸭绿江口遭遇了北洋舰队，这是中日战争中最大的一次海战。蔡廷干率“福龙号”战舰投入战斗，目标是击沉一艘日军战舰。他发射了一枚鱼雷，但是目标距离太远，鱼雷并没有击中。武器装备更加精良的日军舰队进行还击。“福龙号”很快将三枚鱼雷发射完毕，只得退出战斗。日本海军速度更快、操作性更好、炮火更强，这使得他们所向披靡，取得压倒性的胜利。他们击沉了北洋水师的十艘战舰，全面取得了黄海的控制权。返航途中，蔡廷干和他的士兵营救了许多因战舰被击沉而在海上漂浮的中国水兵，他们绝望地返回位于威海卫的基地。

在战争的下一个阶段，日军为了压制北洋舰队，袭击了威海卫。威海卫设有十二个配备克虏伯（Krupp）和阿姆斯特朗火炮（Armstrong cannon）的陆地工事，海湾内还有两个防御岛屿；为了防止外部入侵，海湾入口处设有栅栏，威海卫海湾里则停泊着北洋水师的二十九艘战船。西方军事观察员认为，这里的防务比香港还要好，有人甚至认为它坚不可摧。中国海军的指挥官丁汝昌请求他在北京的长官，允许他在海上袭击日本舰队，认为中国舰队在海上拥有一定优势。但是，由于担心像在鸭绿江口一样丢掉更多的战舰，李鸿章命令他在港口内驻守。

日本人的意图是显而易见的——他们由陆地发起攻击而不是从海上进犯。1895年1月18日，日军第二师团开始在威海卫东面的荣成登陆。三天之内，日军未遭遇任何反抗，就完成了登陆。他们精心筹划，将攻城的时间定在中国的农历除夕之日，这也是中国人一年中最重要的节日。日军于1月30日开始攻城，尽管当日暴雪纷飞，气温降至零下二十六摄氏度，北洋水师的部队守城九小时，便放弃了几乎完好无损的防御工事。他们于2月1日弃城而逃，这使日军在没有遭受任何抵抗的情况下长驱直入。从那里开始，日军掉转了码头军舰上的枪口，并于2月4日移开了栅栏，使鱼雷舰艇能够进入海湾，对船舰发动攻击。在2月7日的一次袭击中，日本海军重创中国战舰，并击沉三艘其他船只。包括“福龙号”在内的剩余鱼雷舰艇，试图沿着烟台海岸线逃走。由于船只的锅炉管受损，减慢了行进速度，一艘日本战船追上了“福龙号”，并抓住了蔡廷干和他的士兵。他们成了俘虏，蔡廷干还负了伤。

中国的战败在所难免。日军指挥官伊东佑亨将军写信给中方主帅丁汝昌，丁汝昌是他的朋友。他在信中表示，丁汝昌是个爱国将领，是中国政府的一些错误政策才导致此次战败。他提出为丁汝昌提供在日本的政治庇护，直至战争结束。届时，他可以返回中国，更好地重建自己的国家。丁汝昌在回信中感谢伊东佑亨的友谊，但也表示无法向国家复命的心情，“吾今所剩，唯有一死”。在战败的痛苦和耻辱中，丁汝昌在总部吞服大剂量的鸦片，自杀身亡，另有四位高级军官也步其后尘。蔡廷干被押往大阪的监狱服刑。1895年4月17日，中日两国签署了《马关条约》，该条约承认了朝鲜的完全独立，并向日本“永久”割让了辽东半岛、台湾和澎湖列岛。

这一场战败是亚洲历史上的里程碑事件。两个世纪以来，中国一直是亚洲实力最强的国家，现在这个角色却换成了日本，尽管日本的国土面积及人口数量只及中国的十分之一。仅在二十七年前的1868年，日本爆发了一场声势浩大的现代化运动——明治维新，正是在这场运动中，日本建立了现代化的军队，并在西海岸成立了海军。中国的战败，并非由于将军丁汝昌、指挥官（包括蔡廷干）或属下的水兵缺乏英雄主义精神，而是由于凌驾于他们之上那些军事及行政官员所定的政策。即使在战争期间，这些人依旧侵吞公款。

北洋水师在1888年之后就没有购买过任何战舰，1891年之后就没有购买过弹药，而原来的预算却被用于建设北京的颐和园。为了这个项目，慈禧太后挪用了原本分配给北洋水师的三千万两白银。由于军饷不足、地位低下、领导薄弱、纪律涣散，士兵的士气尤为低落。战舰也没有得到适当的保养，士兵聚众赌博，出售火药牟利，却用可可粉取而代之。蔡廷干和军官同事对中日两国在军事方面的这些鲜明差异心知肚明。

蔡廷干并没有被拘押很长时间。在袁世凯为了他的事情出面交涉之后，他在《马关条约》签订后就被释放回国。他与那些一起被捕、成为阶下囚的士兵，都被海军开除了。清政府正是以这种方式，让他们为那场耻辱的战败承担责任。1901年，李鸿章去世之后，蔡廷干官复原职，其他与他相同遭遇的军官也都恢复了职位。离开海军，蔡廷干没有任何工作。在唐绍仪的举荐下，他进入了袁世凯的办公室工作，袁世凯时任直隶总督。

此后的二十六年中，蔡廷干在北京的国民生活中发挥了重要作用。他活跃于政府的多个部门——军事、海关、税务、金融和外交。他是中国未来十五年最有权力的人物——袁世凯的翻译兼顾问。袁世凯雇用他的原因与雇用另一位唐家湾子弟唐绍仪的原因同出一辙，蔡廷干说得一口流利的英语，对那些对中国银行业、商业、军事和外交领域产生巨大影响的外国人了若指掌。中国只在名义上是个独立的国家，在许多领域中都割让了主权，正需要像唐绍仪和蔡廷干这样的人与那些控制中国所需要的金融、投资、技术、管理知识和军事力量的外国人谈判。

1907年9月，蔡廷干搬到北京，在袁世凯的办公室工作。袁世凯当时身兼军机大臣及外务部尚书。同年10月，他陪同商业部长访问了菲律宾、西贡、曼谷、爪哇和马来西亚。他担任部长的翻译兼顾问，部长对他的工作赞扬有加。1907年7月，袁世凯上书朝廷，表彰蔡廷干拥有的技术及工程技能、对外交事务的知识，以及他对清廷的忠诚。袁世凯建议政府善用蔡廷干。

1909年，袁世凯失势，并被送到河南省项城老家颐养天年。在他羽翼之下受保护的蔡廷干也退出公众视野，在北京过起了平静的生活。袁世凯将此举视为对他忠心耿耿的体现。因此，1911年当袁世凯重掌大权之际，他提拔蔡廷干担任海军中将和其他要职。

与革命党谈判

1911年10月辛亥革命之后，与唐绍仪一样，蔡廷干成了清政府与革命党之间的中间人。袁世凯选择这两个人的原因完全一样——和许多起义者一样，蔡、唐二人都是广东人，甚至和他们当中的一些人有私交。袁世凯派蔡廷干前往武汉，与革命军领袖黎元洪秘密会晤。黎元洪曾在“福龙号”鱼雷艇上，在蔡廷干手下担任三副。蔡廷干与唐绍仪一样，对建立共和国充满同情，但是他与黎元洪的谈判却没有达成协议，只好返回北京。

他向袁世凯汇报了谈判结果，并向他引荐了澳洲人乔治•莫里森（George Morrison）。从1897年2月开始，莫里森就在北京担任《时代周刊》的记者。作为在中国屈指可数的外国记者之一，莫里森非常了解清政府内部的动向，以及对辛亥革命隔岸观火的外国列强。蔡廷干视他为朋友、消息提供者，同时也是有用的对外发言人。

1911年11月16日，《时代周刊》发表有关蔡廷干讲话的三千字报道；文章中说，蔡廷干最初倾向于建立君主立宪制国家，但在与革命党谈判之后，他转为支持建立共和国。12月，蔡廷干被派回武汉，与黎元洪进行更为秘密的洽谈。

1912年1月18日，蔡廷干写信给莫里森，告诉他已和革命党达成了广泛的理解，并会在两人见面时亲自告诉他详情。但是，袁世凯却认为谈判违反他的意愿，下令中止蔡廷干的秘密使命。在未来几个月中，蔡廷干利用莫里森向外界披露了开展革命的更多细节。

1912年2月12日，溥仪皇帝退位。2月14日，临时参议院投票支持袁世凯取代孙中山担任总统。2月16日，袁世凯让蔡廷干替他剪掉象征忠于清朝的“猪尾巴”辫子。他觉得让理发师做这件事实在不妥，反而更愿意与朋友分享这一历史时刻。第二天，莫里森在伦敦的报纸上独家报道了此事。蔡廷干的地位得到了进一步提升，他成为了袁世凯总统的翻译兼秘书，并担任袁世凯与莫里森之间的联络官。同年8月2日，莫里森辞去了在《时代周刊》的职位，成为袁世凯的政治顾问，年薪高达四千英镑。他被派往伦敦，帮助中国政府取得一千万英镑的贷款。1919年，第一次世界大战结束后，莫里森加入中国代表团，在凡尔赛进行和平条约（*The Treaty of Versailles*）的谈判。

蔡廷干继续担任更为重要的职位。1912年12月，袁世凯任命他担任副海军上将和礼宾司副司长。蔡廷干协助处理繁重的外交事务，这正是袁世凯尤为薄弱的领域。1913年，他就任财政部盐务署盐务厅总稽查及税务所会办，在征集税收方面起到了关键作用。同年5月，他和一位朋友筹资在北京天坛举办了首届国民运动会，共有九十六名运动员参加比赛。

第一次世界大战期间，他在外交部不知情的情况下，履行了外交使命。首先，在1915年秋季，他努力使中国以同盟军的身份投入第一次世界大战。中国希望成为最终的战胜国之一，并夺回德国在山东东部曾经获取的权利和特权。中国提出为战争贡献武器和人力，1916年后，十三万五千个中国人继续以非战斗身份在法国和比利时工作。1917年8月，北京政府向德国、奥地利和土耳其宣战。

然而，蔡廷干付出的努力是徒劳无功的。同盟军希望获得亚洲军事强国日本的支持，尤其是日本海军的支持。他们并不准备为了中国牺牲这种支持，尽管中国在战争中为他们提供了帮助。战争结束后，蔡廷干和他的同事见证了这一决定的重要影响。在凡尔赛和平协议中，中国主张归还德国在山东一切权益的要求被彻底忽视，胜利者们将那些权益奖励给了日本。

蔡廷干倒袁

蔡廷干开始逐渐反对袁世凯。在过去的二十年间，袁世凯一直是他的保护人。袁世凯并没有接受成立民主共和国的理念，他想要的依旧是一个可以称帝的封建中国（详见第五章）。1915年，袁世凯披露了成为皇帝的计划，新的王朝将于来年1月1日正式成立。和绝大多数中国人一样，蔡廷干对此感到震惊和深深的失望。此外，袁世凯还下令暗杀他的主要政治对手、上一任总统孙中山，孙中山那时已经出于个人安全考虑逃往日本。

为了继续掌权，袁世凯愿意接受外国列强的帮助。日本表示只要他接受1915年1月18日提出的二十一条，日本愿意承认他这个皇帝。这二十一条在领土和经济权利方面对日本全面让步，甚至任命日本人担任中国政府的顾问。条款一被公之于众，就引起了众怒。这使日本被迫删除了其中八条，袁世凯政府在5月25日签署的协议中接受了剩余的十三条。这也成为蔡廷干开始反对袁世凯的另一个原因。

作为皇帝，袁世凯的统治时间是中国历史上最短的一位，仅从1916年1月1日持续到3月22日，便放弃了这个职位。有数个省份宣布独立于他的统治。同年6月6日，袁世凯死于尿毒症，享年五十六岁。

蔡廷干将自己的忠诚转投给新的统治者——黎元洪和段祺瑞。这两位都将他视为能力出众、拥有内政外交领域的丰富知识的管理者。袁世凯死后，他被任命为国家税务总局的负责人。

1917年7月，安徽督军拥戴溥仪复辟。蔡廷干拒绝继续在这样的一个政府任职，辞官而去，并住进了北京外交区的六国饭店。当拥戴溥仪复辟的企图失败之后，蔡廷干重返原职。他实施改革，改善税务体系，增加国家收入。1918年后，蔡廷干担任修改税则委员会主任，修订税务法规，并担任全国税务学校的校长。在段祺瑞统治期间，由于为政府的服务，他荣获了多枚奖章。

1921年3月，蔡廷干主持了在上海召开的一次关于中国关税自主的国际会议。同年11月，他成为在华盛顿召开的国际会议的三名高级顾问之一。会议主要讨论国际安全、军备与中国关税问题。结束时，九个国家签署协议，决定组成关税调整委员会，并将进口关税调整为有效的百分之五。从1923年到1925年，他是一个规范本国和外国债务的委员会成员。从长远角度来看，所有这些工作都是为了收回中国税收和财政的主权而做

» 1921年参加华盛顿会议的三名中国代表——梁如浩（左）、施肇基夫人（中）和蔡廷干（右）

出的努力。清政府早已将这些权利拱手相让。

蔡廷干还投身外交和慈善事业。1919年，他在赈灾救济工作中表现积极。1925年，蔡廷干担任北京扶轮社（由他在1924年创立）主席和在美中国学生协会的主席。他还是中国红十字会的副主席。1922年，他作为特邀嘉宾，出席末代皇帝溥仪在天津举行的婚礼。1925年，政府派他和另外两位代表前往上海，处理5月30日英国警察杀害九名示威者事件的善后事宜。近两千人试图占领关押着十五位学生抗议活动领袖的警察局，警方向人群开了火。蔡廷干自1926年6月1日开始担任外交部长，却于同年10月1日辞职，理由是他认为自己无法有效地工作。

他最后担任的职位是1927年的税务督办。由于英国顾问、银行和政府之间的内部纷争，他于同年5月辞职。当时的政府迫切需要资金，以对抗国民党在南京建立的新政权。蔡廷干从政治生活中隐退，来到东北的港口城市大连生活，时年六十六岁。他与各界人士保持联系，却回避包括日本领事在内的日本人。日本领事将他视为城中最有影响力的中国人，希望他陪伴左右。当日本于1931年9月占领满洲时，蔡廷干回到北京生活。

晚年

尽管蔡廷干的职业生涯已经令他日程满满、不堪重负，他却坚持博览中英文书籍。退休之后，有人请他教书，他在北京

» 蔡廷干

的清华大学和燕京大学教授中国文学。他还将中文古籍翻译成英文，包括唐诗和老子的著作。老子是中国著名哲学家，蔡廷干用英文写了一本书，解释《道德经》这部老子最广为人知的作品。他还著有《唐诗英韵》，由芝加哥大学出版社出版，获得国际认可。书中精选了一百二十二首唐诗，并附有诗歌注释、诗人索引和不同朝代的编年表。该书的前言将这本书形容为“第一本由中国人将中文诗歌翻译为英文的作品”。

1935年9月24日，蔡廷干在北京逝世，享年七十五岁。

第八章 中国法律现代化的奠基者

1878—1953

唐宝锷 *Tang Bao'e*

引子

唐宝锷是第一位从日本大学获得硕士学位的中国人。他后来成为中国驻日本的外交官，并担任中国部长的翻译。他还与人共同撰写了一本学习日语的书籍，该书被数以万计的中国人使用。在辛亥革命前后，唐宝锷在中国政府中担任要职，后来他成为一名律师，并担任中国律师协会的主席。他一生撰写了二十本书，内容涉及明治维新时期的日本、日本法律的方方面面，以及对不同国家法律体系的研究。

大部分香山子弟把英文作为他们的第一门外语学习，唐宝锷却被送到了日本求学。在中日甲午战争后的四十年间，日本成了中国学生学习现代世界的理念，了解如何成功避免像亚洲其他国家一样，沦为欧洲强国的殖民地的最重要的国家之一。

1896—1937年之间，五万名中国学生在日本学习，当中包括许多20世纪这个国家最重要的人物：鲁迅、蒋介石、李大钊、陈独秀、周恩来、秋瑾以及宋教仁。与欧美国家相比，日本离中国更近，学费也更便宜。中日饮食习惯相似，语言、文化也较相近。

日本也成为与清政府持不同政见者和流亡者的避难之地。1905年，孙中山和宋教仁在东京成立了同盟会，这个组织正是国民党的前身。和许多跟随他的脚步、东渡日本的中国人一样，唐宝锷发现日本有许多方面值得中国仿效，他在自己的多部著作及文章中都有所论述。

早年生活

1878年，唐宝锷出生在上海，祖籍唐家湾。其父唐昭航是位富有的茶叶商人，也是唐廷枢的生意伙伴。他共有十三个孩子，唐宝锷排行第四。唐宝锷家境殷实，这与其他出国留学生大不相同。1896年，他回到唐家湾通过了秀才考试，获外交部录取。在那一年之前，中国被日本打败，并被迫签署了《马关条约》。这个条约割让了台湾、澎湖列岛和辽东半岛的东部，并且承认了朝鲜的完全独立；条约还同意向日本支付库平银二亿两的战争赔款，并向日本开放四个通商口岸。这个协议与第一次和第二次鸦片战争结束后，北京与西方列强签署的条约颇为相似。

战争和不平等条约对中国来说无疑是一种国殇。对于曾自诩为世界中心的国家来说，被英国、法国和其他殖民列强打败已感到受了奇耻大辱；不过，无论在陆地还是海洋，被日本这个弹丸小国彻底击败则感觉更糟。数百年来，中国一向视日本为朝贡国，其语言、文化和习俗无不归功于中国这一幅员辽阔的邻国。中国人经常称日本人为“倭寇”，意为“身材矮小的海盗”，一方面是指日本人身材矮小，另一方面则是说从16世纪开始，许多日本海盗就开始袭击中国船舶。这一侮辱性词语至今依然在内地的媒体和民众间被使用。

国人对战败的最初反应是愤怒和耻辱，紧随其后的则是反思和自我质疑。堂堂天朝大国何以被一个人口只有其十分之一强、自然资源匮乏的弹丸小国打败？1894年，日本有四千一百五十万人口，中国则有三亿八千八百万人口。事实上，直至1868年明治维新前，日本与清朝颇为相似——都是以农业、渔业为主的封建国家，闭关锁国：在日本的外国人被限制在长崎港活动，而在1840年前的中国，外国人的活动范围都被限制在广州。仅仅过了二十六年，日本何以发展了强大的军队，并在中国的领土将其打败，并像殖民强国一样签署了不平等条约？日本通过哪些方法，如此迅速地实现了现代化？日本如何学习到西方的军事技能、工业技术和经济组织？中国能从日本学到什么经验和教训？两个国家有太多的共同点，日本能做到的，中国应该也能做到，而且做得更好。

这就是中国政府内部许多的改革派的思维。他们相信派学生去日本留学是完成中国现代化的快捷方式，这要比把学生派到欧洲和美国更为便捷。日本与中国有许多相似之处，适应日本的法律法规、风俗习惯要比适应西方的更加容易。此外，与欧洲和北美的殖民列强一样，明治维新政府欢迎外国学生到日本的学校里学习，日本希望用本国的语言、思维方式训练外国人，再将他们送回祖国。这些外国人对日本有了感情，并拥有自己的人脉关系，这些在日后均可以被日本加以利用。因此，在战败后仅一年的1896年，外交部从天津派遣了十三名学生前往日本。

留学日本

唐宝锷当时只有十八岁，是学生中年纪最小的一位，年龄最大的学生三十二岁。日本外交部在一所师范大学将这些学生组成一个班，让他们学习日语、数学、物理和化学。他们于1899年毕业，唐宝锷的成绩是全班第一，他也是留在日本的七名学生之一。有四名学生在开学三星期后就因为不能吃日本的食物，或者无法忍受当地人对他们“猪尾巴”辫子的嘲笑而离开了。1899年，又有两名学生退学回家。1902年，唐宝锷和同学们一起学习的地方成为“宏文书院”。在未来的三十年间，许多知名的中国人抵达日本后都曾在这里学习，其中包括黄兴、陈独秀和鲁迅。

唐宝锷对日文的掌握使他在同学中间出类拔萃。尽管日文在书写上使用了许多汉字，但它发明了其他两种字母，语法和发音都和中文完全不同。想说一口流利的日语，需要多年的努力。由于精通日语，唐宝锷1899年被派往长崎工作，在领馆担任执行副领事。1901年，他获晋升到东京的大使馆工作。当清政府派代表团到日本访问，唐宝锷就会担任他们的翻译。他在早稻田大学继续学业，还在宏文书院担任教师。1905年，当唐宝锷从早稻田大学的政治经济系毕业时，他成为第一位从日本大学获得硕士学位的中国人。

1899年，唐宝锷运用自己的语言才华，与戢翼翚共同撰写

» 唐宝锷

《东语正规》，帮助中国人学习日文。该书在1900年由日本作新社出版，历年来多次再版，深受中国学生欢迎。早稻田大学的教授实藤惠秀称，该书是为学习日语的中国学生提供的“里程碑式教科书”，内容涉及语法、发音、词汇、词汇运用等多个部分。从1896年到1937年，五万名在日本的中国人和其他人士使用这本书学习日文。

1905年，唐宝锷返回中国，并被选中参加科举考试，他在北京紫禁城的中和殿参加殿试。两天以后，他通过了考试并被召集面见慈禧太后和光绪皇帝。光绪皇帝封他为翰林学士，官职为翰林院检讨。

同年12月21日，他以参赞的身份陪同皇室成员访问日本，并担任翻译。1906年1月1日正午，明治天皇邀请他们一行人参加宴会，日方高度赞扬了他高超的翻译水平。翌日，皇帝下旨，授予他五级奖章予以表彰。1月3日，代表团成员聆听了内阁成员就日本宪法、财务体制改革的讲演，唐宝锷为他们做翻译。

当团队大部分成员回国之后，唐宝锷和另外八人留在日本，做深入调查。回到北京之后，唐宝锷向朝廷提交了有关日本改革的系列报告，内容包括司法体系、宪法、刑法、铁路建设和教育等方面。他还翻译了有关日本警察和政府法令、矿业法规、矿砂采石等方面的信息，以及关于日本铁路系统的说明。唐宝锷深信，这些都表明中国能从1868年以来的明治维新

»《东语正规》作者之一戢翼翚（右）与王侠民合影

中学习大量内容。日本已经成功地成为一个现代化的工业和军事强国，并保留了其君主体制。中国从日本引进了类似“民主主义”和“革命”这样的全新词语，并为其赋予了中国特色。与之相似，“卫生”这个全新的日文词语也被引入中国，这个词以往的意思是“保护生命”。

在日本求学的众多中国人当中，就包括未来的总统蒋介石。他在日本四年，第一年在军事学院学习，1909—1911年，他在帝国军队服役。军队严格的纪律和规条给他打下了深深的烙印，并影响了他余生的生活方式。

唐宝锷和其他曾在日本学习的中国人得出这样的教训：欧洲人能做的，亚洲人能做得一样好。最重要的并非种族和宗教，而是国家体制和法律。中国的土地、矿产资源和人口都比日本多，如果中国能够成功实现现代化，将大大超越这个小小的邻国。

返回中国之后，唐宝锷担任了多个重要职位。1906—1911年之间，他任师范大学校长，并在外交部任职，职位包括副主任、陆军高级顾问，并起草刑法法典。辛亥革命之后，清廷任命唐宝锷为顾问兼唐绍仪的秘书长，参与和革命党的谈判。

改朝换代并未影响到他的身份地位。新政府迫切需要他这种有才能和经历的人才。1911—1925年，唐宝锷担任临时总统办公室和直隶军事总督办公室顾问。他还是绥远总督办公室和归绥警务总督的高级顾问。与其他改革派一样，他对袁世凯复辟帝制的企图深恶痛绝。1917年8月25日，他前往广州，参加了孙中山主持的临时国会并当选国会议员。

他依旧保持着和日本的密切联系。1920年，他率领一个记者团第三次前往日本。1922年，他作为一个官方代表团的成员，参加了东京和平纪念博览会。

与许多香山子弟一样，唐宝锷对新共和国的领导人深感失望，他们并没有建设一个他和其他人梦想的现代化国家，并对他这样的改革者提出的建议置之不理。1925年发生的两件事件——北洋政府决定解散国民议会以及孙中山先生的逝世——最终使唐宝锷辞去政府公职，专注于法律事业。（在晚清时期，“北洋”的意思是“北部的海洋”，指的是中国北方三个最重要的省份——河北、辽宁和山东。）

天津是一个拥有外国租界的城市。离开政府后，唐宝锷在天津开设了私人律师事务所，在这里和北京设立办事处；他还在天津附近的河北四马路购置了大片房产，这也成为他主要的住所。正如在政府里的表现一样，作为律师，他也是出类拔萃的。

唐宝锷获任命为北京铁路局的法律顾问。他代表北京和天津的律师出席中国律师协会召开的会议，后来获选为该协会的董事和总裁。他与一名日本合伙人一起成立了“中日合作法律办公室”。但在1939年，他的合伙人奉命返回日本，合作关系也就此终止。

反思

1939年7月，一名日本法律教授来天津拜访唐宝锷。这位教授用一年时间研究中国和日本文化的关系，他会见那些曾在日本学习的中国人，并对中国社会进行调研。当教授回到日本时，他就与唐宝锷的会面做了记录。二人谈到在1894—1895年战争之前，政府是如何派遣少量中国人去学习日语；而在战争之后，尤其是在1911年辛亥革命之后，人数迅速增长到成千上万。那些学成归国的人在新共和国的军事、议会和公务服务方面发挥了重要作用。共和国的许多法律都仿效日本的范例制定。

在与这位教授的对话中，唐宝锷批评了日本对中国学生的态度。学生毕业之后，日本的大学便对他们不闻不问，这与美国的学院完全不同。美国的大学会组织学生聚会，并关心自己的毕业生。“他们努力维系大学与其校友之间的关系。很遗憾，日本的大学与它们的毕业生之间的关系并不像美国那样。”唐宝锷表示。

对唐宝锷来说，正如对数以千万的中国人来说，与日本的战争的确是一场悲剧。首先，他失去了心爱的房产。战争爆发后，唐宝锷出于安全理由搬到天津的外国租界居住，他从前的房子便空空如也。1939年春，一名日本生意人搬进了那所房子，并把它改装为一家橡胶工厂。唐宝锷竭尽全力想要回那幢房子，却没有成功。这对他来说是一个沉重的打击。1945年之

» 1911年的东京早稻田大学

后，那所房子被作为“敌产”拍卖，并被一个富有的商人家庭买下。唐宝锷的儿子唐嘉装尽全力推翻这个决定，却也徒劳无功。唐宝锷陷入深深的失望之中，随即退出了公众视野，在天津的寓所生活。

其次，他看到自己一向崇拜并努力仿效的国家日本，已经被热衷于征服和控制的军方领袖所统治。他们对中国和亚洲其他国家的土地和人民造成了巨大的破坏和伤害。那位日本教授描述，唐宝锷并没有将内心的全部想法表达出来，在谈到拥有相同文化背景的两个国家何以成为敌人时，他克制了自己的情绪。他毕生致力于将中国与日本联系起来，现在两国却陷入一场可怕的战争，谁又会拜读他有关日本宪法和法律体系的学术书籍呢？

贡献与故居

1948年，唐宝锷从法律行业隐退。1953年1月，他在天津家中因病去世，享年七十五岁。

唐宝锷为中日文化事业做出了许多贡献。他留下二十本著作，还有从外文翻译成中文的其他文献，包括有关日本明治维新现代化的书籍。这些书籍中包括学习日文的初级读物、日本警务和刑法著作、日本军事法、采矿法规，以及日本、英国、美国、德国和法国的比较法。

1905年从日本回国后，唐宝锷并没有返回唐家湾，但是他在唐家湾的故居被很好地保存了下来。这所建于清朝同治年间的故居位于唐家湾的山房路，是一座两层楼的建筑，有雕花屋顶、彩绘玄关和花岗岩铺成的院落。入口处的石头上雕刻着瑞兽、祥云和太阳，大厅内有八根柱子，两层楼的地板上都铺有红砖。楼内有卧室、一间书房、一间暗房和一口水井。

第九章 茶业大王

1841—1925

唐翘卿 *Tang Qiaoqing*

引子

唐翘卿最知名的成就是建立中国第一家茶叶出口公司，打破了外国公司对这种中国商品的垄断局面。他成立的华茶公司与美国最著名的茶叶进口商之一——凯特梅西公司（Carter Macy）签署了协议。在业绩最好的1925年，华茶公司向美国出口了八万箱茶叶。自鸦片战争以来，外国公司，主要是英国公司控制了茶叶在全球范围内的出口和销售。中国公司对国外市场一无所知，也没有船舶或财力与外国公司分庭抗礼，这导致外国公司从茶叶这种商品上获取了丰厚的利润。

华茶公司实现了许多中国人——当中也包括涉足茶叶生意的其他香山子弟——的梦想，华茶公司成功地与怡和洋行、太古洋行（Butterfield & Swire）、宝顺洋行等公司展开竞争。1926年，在费城举办的万国博览会上，华茶公司出口到美国的茶叶品牌荣获一等奖。这个博览会是为了庆祝美国脱离英国统治，独立一百五十周年而举办的。

早年生活

1841年，唐翘卿出生在唐家湾一个贫困的农村家庭。家里兄弟四人，他排行第二。他的母亲生了多个子女，年纪轻轻就去世了，因此父亲不得不独力抚养四个儿子。唐翘卿只在能帮父亲干农活之前，读了几年书。一家人的生活异常艰辛。

唐翘卿的父亲认为他应该努力在上海过上好日子，那里的亲戚朋友能帮助他找工作，于是在十四岁的时候，唐翘卿便只身来到了中国当时最大、最繁华的大都市。在上海，唐翘卿遇上来自唐家湾的亲戚、在海关总局工作的唐廷枢。唐廷枢为他在一家茶叶公司里找到一份工作。唐翘卿从公司底层开始做起，辛勤工作，他学习茶叶公司的营运并陪着同事前往茶叶产区进行采购。他学会了英文，掌握有关茶叶贸易方方面面的知识，并赢得了上司的尊重。唐廷枢将他介绍给茶叶商人和外国贸易公司的买办。后来，他在一家外国公司里找到了一份买办的工作。

他的知识和人际关系使他如鱼得水，收入也水涨船高。他看到了市场上对茶叶的强大需求，以及由此带来的机遇。1867年，他辞去了有固定薪水的职位，并在九江成立了自己的公司——谦顺安茶叶公司。他在汉口和上海成立了分公司。1868年，他和唐廷枢、徐润一起成立了上海茶叶公所，三人共同担任董事。他成了上海滩最富有的茶叶商人。

中国的茶叶生产地主要集中在南部和东部。农民将茶叶卖给唐翘卿拥有的中国公司或者代表外国公司的买办。交易条款往往有利于买家，不利于农民。对于买办来说，这可是获益颇丰的生意。

唐翘卿赚到的钱使他能够投入各种不同的领域。他投资仁济和保险公司（由“仁和”“济和”两家保险公司合并而成），该公司在1887年组成时的资本金高达一百万两白银。公司有几位主要的股东，包括外资银行的买办。1883年，唐翘卿和两个合作伙伴投资安徽池州的煤矿。1888年，他又和两个合作伙伴，包括唐宝锷的父亲，投资了上海一家房地产公司。他还和唐家湾的其他人一起投资上海和香港的金融公司。

来自印度的竞争

中国在两次鸦片战争中的失利为茶叶行业带来了巨大的变化。通商口岸的开放使外国贸易公司蜂拥而至。截至1864年，以英美公司为主的六十八家外国贸易公司在上海成立了办事处。这些公司最重要的商品之一就是茶叶，尤其是红茶。他们将红茶从中国出口到伦敦，然后再从伦敦销往其他市场。1869年，随着苏伊士运河的开通，前往伦敦的航程由一百二十七天缩短到五十八天，大大降低了运输成本，使茶叶生意更加有利可图。随着喝茶的习惯传播到美国、欧洲大陆和中东地区，人们认为喝茶比喝可乐、咖啡更健康，茶也因此成为全球三大主要饮品之首。

1834年之前，在世界范围内交易的茶叶绝大部分都产自中国，这其中还包括英国进口的茶叶。东印度公司迫切地希望终止这种对单一市场的依赖，便开始在印度东北部的阿萨姆邦（Assam）种植茶叶。1839年，阿萨姆邦生产的茶叶首次在英国拍卖。英国在印度和锡兰〔Ceylon，今斯里兰卡（SriLanka）〕大幅增加茶叶的种植，截至1888年，英国从印度进口的茶叶首次超过从中国进口的数量。英国本土的茶叶消耗量也大幅飙升，截至1901年，超过了每人六磅。相比五十年之前，人均消耗量只有不到两磅。茶加上牛奶和糖，已经成为英国生活方式的一部分。在两次世界大战期间，政府全面接管了这种商品的进口，因为政府相信茶叶完全能够影响军队和国民的士气。

外国公司控制出口

全球需求爆炸性增长所产生的巨额财富，大部分落入了那些垄断茶叶出口的外国公司的口袋里。中国公司并不了解海外市场，也没有和那些市场建立直接联系，它们在海运和外汇业务方面缺乏经验，更没有所需的具备资格的人才。中国公司无法与国外对手竞争。包括唐廷枢在内的许多中国企业家都建议中国公司直接出口茶叶，打破外国垄断，将更多的高额利润留在中国国内。然而，没有人能够做到这点。

打破外国垄断成了唐翘卿平生最后一项伟大使命。1916年，七十五岁高龄的唐翘卿在上海成立了中国首家茶叶出口公司——华茶公司。他与其他几位重要的茶商一起募集了十万银元资本金，并和两个儿子共同管理公司，其中就有他最小的儿子、第十六子唐季珊。唐翘卿把唐季珊送到英国接受教育，学习茶叶贸易。1916年，唐季珊返回上海，获父亲任命为新公司的总经理。唐翘卿把他在汉口和九江的公司与华茶公司合并，将公司总部设在上海博物馆路十六号。华茶公司还在香港和美国设有分公司。

在进军出口市场的最初尝试中，华茶公司将两个品牌的茶包销往旧金山，并通过当地中国人经营的百货商店分销。茶包分别有一磅、零点五磅和零点二五磅的包装，但是立顿（Lipton）控制了红茶市场，日本品牌则主导着绿茶市场。没有适当的广告和促销活动，他们的茶叶根本卖不出去。三年后茶包破损了，只能减价处理。华茶公司蒙受了巨大损失，教训惨痛。

但是，唐翘卿并没有退缩，他又投资八万银元在上海闸北区建立了装有进口机械设备的新工厂。他们从茶农手中直接收购茶叶，减少中间人的成本。他们成立了“天坛”和“长城”两个新品牌，并从香港汇丰银行获得了长期的财务支持，生意逐渐有了起色。1923年，他们将公司重组为股份制公司，并额外吸纳了十万银元资本金，唐氏家族拥有百分之八十的股份。

他们以全新的包装、更好的质量、更丰富的品种实现了企业营运的现代化。尽管唐翘卿年事已高，他将自己的全部精力和财富都投入到新的事业之中。

为了进入美国市场，华茶公司必须停止对当地中国公司的依赖，并融入主流社会。1924年，公司与凯特梅西公司签署了协议。凯特梅西公司是美国一家大型的、历史悠久的茶叶进口商，以往都从英国贸易行购买茶叶。华茶公司业绩最佳的年份是1925年，这也要归功于一丝血染的好运。那年5月30日，英国警督命令手下的中国和锡克教警察向上海的约二千名示威者开枪，打死九人，打伤多人，其中十五名伤者被送往医院。此即蔡廷干被委派处理善后事宜的同一事件（详见第七章）。

这件事在全国引起了轩然大波，上海的码头工人罢工三个月，拒绝为外国船舶装卸货物。这对华茶公司来说真是天赐良机，公司的货物没有受到任何影响。他们在苏州河利用木质驳船，将板条箱运到停泊在长江口的大船上。凯特梅西公司在上海成立了办事处，仅为该公司从华茶公司购买的茶叶创立品牌，有助产品的推广和营销。1925年，华茶公司出口了八万箱（二千五百吨）茶叶，是该公司历史上最高的业绩。同年，唐翘卿因病在上海去世，享年八十四岁。在有生之年，他亲眼看到自己的梦想成真，外国公司的垄断被打破。

唐季珊将他的部分所得投资于电影行业，成了传媒行业的知名人物。为了推广他的茶叶，他偕同女电影明星张织云前往

» 一罐由唐翘卿的华茶公司生产的香片

» 唐翘卿的儿子唐季珊与电影明星张织云的合照

美国。公司的广告宣传称他为“中国的茶叶皇帝”，称张织云为“中国的茶叶皇后”。1926年5月到11月，为了庆祝独立一百五十周年，美国费城举办了万国博览会。华茶公司在会上展出的茶叶，与江西的瓷器、江苏和浙江的丝绸，共同荣获一等奖。

20世纪30年代，华茶公司平均每年出口六万箱（一千九百吨）茶叶，占上海茶叶出口额的百分之十至百分之十八，成为行业内排名第四的公司。但因为他采用的是自己的品牌，而不像其他公司只是卖给外国的贸易公司，因此也为唐季珊赢得“茶王”的称号。

覆灭

日本侵略中国给华茶公司带来了灭顶之灾。1932年1月，公司在上海闸北区的工厂和仓库被日军的炸弹和炮火摧毁。华茶公司在客户和银行间拥有良好的商誉，募集资金重建了工厂设施。但在1937年的中日战役中，这些设施又被毁于一旦，日军随即占领了上海。

第二次世界大战后，公司于1946年重新开张，出口少量货物，但缺乏资金和设备。1949年前，唐季珊搬家到香港，后来又去了台湾。1950年，公司的出口量仅为一百六十九吨，在内地的华茶公司也被新政府国有化。

家庭和慈善

唐翘卿有十六个子女，七人早年夭折。幸存的九个孩子中，有四人在美国学习。第十一子唐叔瑶曾任菲律宾吕宋岛的中国领事，后来他和父亲、弟弟一起经营华茶公司，任副总经理。

唐翘卿积极参与公众事务。他和唐廷枢、徐润在上海为广东人成立了上海广肇公所。他为仁济医院提供帮助，并在城中建立了格致书院和英华书院，为穷人、失学学生提供财务援助。唐翘卿在广东香山创建学校，救济穷人，还购买了一辆小蒸汽机车定期往返于香山和香港，运送人员和货物。

第十章 先施百货创始人

马应彪

1864—1944

Ma Yingbiao

引子

19世纪30年代，上海是中国的商业之都，也是亚洲最富有的城市之一。无论是中国人还是外国人，富有的女士都会来到南京路上四家高档优雅的百货公司——永安、先施、新新和大新，享受社交活动和娱乐生活。这四家百货公司的创始人都是生于平民之家的香山子弟，他们都曾前往澳洲淘得第一桶金。返回家乡后，这些人做起了生意，并将业务规模不断扩大。他们是中国现代零售业的鼻祖。

马应彪便是这四位非同凡响的人物之一。1864年12月，他出生于香山的一个贫穷家庭。当他还是个孩子的时候，父亲就去新南威尔士（New South Wales）州采掘黄金了。在开始工作维持家计之前，马应彪只接受了三年的正规学校教育。二十岁的时候，父亲给他买了一张前往澳洲的船票。马应彪在澳洲开始了零售业生涯，他在商店里卖水果、蔬菜、花生和中国的商品。

1892年，马应彪前往香港经商。悉尼的环境可以给他平静舒适的生活，经商也更加容易和简单；而当时的中国正处在革命的酝酿时期，对生意的稳定发展来说，这真是最差的环境了。马应彪之所以决定留在中国，既是因为看到了商业机会，也是想为自己的国家做点事情。他加入了另一位香山之子——孙中山创立的革命党，孙中山告诉他，中国的重生需要商业和实业。马应彪决定引进自己在澳洲见过的最佳商业营运。

1900年1月8日，马应彪在香港皇后大道中一七二号开设了先施百货公司，这是中国最早的百货公司之一。随后，他在香港、广州、上海等其他城市开设了分店，并在海外城市新加坡、大阪和伦敦开设了分店。除此之外，马应彪还开办了东亚连锁酒店。他将生意扩展到更广泛的商业领域，包括制造业、银行业和保险业。尽管并不是所有的业务都成功，但马应彪彰显了他的企业家精神，以及敢于挑战外国公司在中国垄断地位的雄心。

马应彪积极投身慈善事业。尽管自己只上了三年学，他却强烈地意识到教育的重要性。马应彪为员工成立夜校，让他们认字。1915年，他在家乡建立女子中学，参与建设香港、广州和上海的其他学校，并担任这几所学校的校董。马应彪向地处广州的岭南大学捐赠了一幢楼房，并且是岭南大学的第一位中国董事。1920年，他用政府资助的资金创办了岭南农业大学，这所大学专门培养农业专家，并在实验田上培育了更好的农作物和种子。马应彪对救灾工作也颇为积极，他从自己的商店向广东遭受洪灾的灾民运送物资，他是广州红十字会的主席，并担任广州和香港医院的董事。

马应彪如此积极参与公益事业，部分原因是出于他的宗教信仰。他是虔诚的基督教徒，帮助设立了香港中华基督教青年会。马应彪过着简朴的生活，他的公司只雇用了少数几名亲戚，这在当时中国的家族企业中很不寻常。

马应彪的最后岁月充满了悲剧色彩。日本人占领了上海、广州和香港，没收了他的产业。1944年他不幸中风，于当年7月15日在香港逝世，享年八十岁。十三个月后，裕仁天皇投降。马应彪的家族重新掌握了企业的所有权和管理权。

先施公司在成立一百一十多年后依然存在。公司总部位于香港，在香港拥有六家百货店，并在香港联合交易所主板挂牌上市。虽然零售业仍然是其主营业务，先施公司已经在房地产、证券交易、广告业、室内设计、家具制造和旅行社特许经营等业务领域实现了多元化经营，公司营运机构遍及台湾、英国、澳洲和中国内地。2011—2012年财政年度（结束于2012年2月28日），该公司的营业收入为四亿九千八百万港元。马应彪的家族成员仍然是公司的董事会成员。

早年生活

1864年12月21日，马应彪出生于香山沙涌村一个贫困的家庭。父亲马在明穷困潦倒，找不到合适的工作赚钱养家。正如成千上万的人一样，马在明想去澳洲淘金，却筹集不到买船票的钱。于是，他只能向别人借钱，并承诺用将来的工资偿还。这就是广为人知的“卖猪仔”——这些劳工像动物一样被贩卖。

在马应彪生命最初的十九年里，父亲一直在新南威尔士州的金矿里做工，并没有陪伴在他身边。这个年轻人在私塾里学习了三年，就不得不辍学工作，以维持母亲、祖母和家庭其他成员的生活。马应彪种菜、钓鱼、收猪粪，这是一段痛苦而艰难的生活。1864年，在他二十岁的时候，父亲寄给他二百美元，这足够支付到澳洲的路资。他买了张船舱最底部甲板的船票，启程前往澳洲。与父亲二十年前一样，马应彪的旅途也异常凶险。从他还是婴儿时，就没有见过父亲，这次他们终于在悉尼的码头见面了。

马应彪加入了父亲劳作的维多利亚采金场。这里有来自很多国家的矿工——德国人、意大利人、波兰人、美国人、英国人，还有冒险离开家乡想试试运气的当地人。由于语言、衣着、外貌和饮食等原因，中国人位于最底层，遭受比其他人更差的待遇。到19世纪50年代中期，大概有一万七千名中国人以团队的形式工作。他们在欧洲人已经开采和废弃的地方劳作。正如白人殖民者所做的那样，维多利亚政府并不欢迎这些新来者，向每个到达墨尔本的中国移民征收十镑的入境税。年轻的马应彪很快便决定要另觅一种更好的谋生方法。

步入商界

马应彪来到悉尼一家由英国人开的蔬菜店打工，那时价格都由白人控制。他的英语非常糟糕，所以首要任务还是提高英语水平。

马应彪找到一位会说广东话的爱尔兰女士，她的菜园需要帮手。他们达成这样的交易：马应彪为她的菜园工作，作为酬劳，爱尔兰女士向他提供一日三餐和每天一小时的英语指导。马应彪认真地学习了三个月，掌握了买卖蔬菜的英语词汇。然后，他办起了自己的蔬菜摊，写上了每种蔬菜的正确名称和价格。马应彪的蔬菜销路很好，附近的摊主都请他帮忙卖菜。

下一步，马应彪在悉尼玛丽街（Mary Street）三十八号开了自己的水果和蔬菜商店。除了当地的农产品外，他还卖从斐济进口的花生和香蕉，以及从中国进口的其他商品。1890年，马应彪说服三个来自香山的同伴，在较好的地段投资了一间更大的商店，并将商店命名为永生公司。马应彪还开设了其他分店，开始大量从中国进口特殊的商品。

十年之后，他已经在悉尼的华人中树立了良好的口碑。当地华人需要一种安全可靠的渠道，把钱汇往中国养家或用于娶妻。马应彪成立了一家名为金山庄的公司，专门提供这种服务。

马应彪意识到，要让公司平稳运行，需要在香港设立分公司。1892年，他前往香港开办分店。这次行程成为他生活的转折点。他本可以在澳洲定居，但那里的反华情绪却相当普遍。马应彪拥有经商的敏锐天赋，想要过更舒适的生活。假如他当年选择在澳洲定居，世界就不会听到马应彪这个名字了。

在这次旅程中，有两件事情改变了他的一生。在从香港到广州的路上，马应彪遇到了孙中山。孙中山早年学习西医，却成为了反对清王朝的革命力量的领导者。两人早年相识，但有十年没有见面了。这两个人有很多共同之处：他们都是香山人，都说广东话，都曾在海外生活，都成为了基督徒，都了解西方远远超越中国的秘密；他们都对清王朝和它未能使中国实现现代化、未能在殖民列强面前站起来，心怀深深的不满。孙中山告诉马应彪，要让中国成为一个强国，需要强大的商业和像马应彪一样的企业家，他们将在国家的重生中起到重要作用。“商业可以救国。”孙中山说。马应彪感动地回答：“如果你需要我做任何事情，尽管开口。”马应彪第一次认识到，他能够在孙中山的革命中发挥作用。

第二件改变他人生的事情，就是他看到了香港的商业潜力。香港拥有比内地更高的政治和经济稳定度。英国公司在当地拥有最重要的地位，但只要遵守当地的法律和法规，其他公司并不会被排除在外。

引进与创新

马应彪决定在香港定居，管理金融业务并从事对外贸易。在考察了香港的零售行业，并与他在澳洲的所见所闻相比较之后，马应彪看到了重要的机会。到19世纪90年代，香港的人口已经达到了三十万，它也成为东亚重要的转运港。带着长长的购物清单的香港顾客不得不去许多不同的地点购物，而这些大多数是狭小拥挤、只销售一类商品的地方。那里并不标明价格，顾客要与店主讨价还价。商品也不会全部展示出来，较好的商品被藏在后面，预留给特殊的客户、朋友和愿意付最多钱的主顾。店主控制着局面，顾客只能顺从。这是一个费时耗力的过程，顾客在离开时通常会认为自己上当受骗了。

马应彪相信他能把悉尼的商业模式引入香港，特别是引进大卫•琼斯（David Jones）百货公司。这是悉尼最古老的百货公司，成立于1838年，地处乔治街（George Street）和巴拉克街（Barrack Lane）的交界处。在大卫•琼斯里，顾客可以在一家商店里找到他需要的所有商品，每种商品都是品类繁多。百货公司清晰地标示了商品的价格，商品陈列得整整齐齐，店里的光线也十分明亮。大卫•琼斯的宗旨是“销售最好的、最独特的商品”并储备“满足大多数人日常所需的库存”。

马应彪选择了一个极佳的地理位置，向更广泛的客户群体销售商品，既有富人也有穷人。1887年，他引进了悉尼的液压升降电梯，这让顾客惊叹不已。1890年，马应彪发布了第一本商品目录，并且引入了邮购服务。他认为类似这样的好点子可以引入位于香港商业中心的中环百货店。此外，香港的人口拥有足够的购买力维持公司盈利。1850年，第一家由两个英国人合伙开办的百货公司——连卡佛有限公司（Lane Crawford

Co.）开业了。

1896年，马应彪想在香港开办一家以固定价格标价的百货公司，这在华人拥有的百货公司中还是首例。他征求其他香港商人的意见和支持，但绝大多数商人反对这个想法，认为这种形式的商店不适合中国人的风俗和习惯，他们也不会提供经济上的支持。那些去过澳洲和美国、见识过西方零售业的商人却有不同的观点，他们乐意投资。马应彪和十一名合伙人筹集了二万五千港元，他说："英国是商业之都，商业控制着国家的命运。在美国，商人做着伟大的事情，所以他们在国会和国家里拥有很高的地位。中国传统的商人则为蝇头小利斤斤计较，欺骗和不尊重顾客。我们将设立一家以固定价格标价的百货公司，把利润和权力从西方人手上取回来，以商业救国。"这家百货公司的设立既是商业决定，也是爱国主义的宣言。

为百货公司命名时，马应彪选择了"先施"，这一词语来自儒家经典《中庸》的"先施以诚"。对他而言，营商的第一原则来自建立与客户的信任和忠诚感。先施是香港第一家完全由中国人持有的百货公司，面积有八百平方英尺，员工有四十人。百货公司直接从厂商那里采购商品，并且以低于其他百货公司的价格出售。

1900年1月8日，先施百货公司在皇后大道中一七二号开业，马应彪任总经理。人群如此拥挤，公司不得不雇用保安人员来维持秩序。百货公司楼高三层，楼梯旁都装有镜子，商品

» 1900年香港中环的首家先施百货公司

» 位于香港油麻地的先施百货公司

琳琅满目且标有固定价格。商店在售出商品时会提供发票，客户如果对商品不满意可以退货。商店的雇员都统一着装。先施的另一项创新是雇用女性售货员。当时的中国社会民风保守，妇女缠足相当普遍，人们一般认为妇女理应待在家里，为父母、丈夫和家庭服务。

对大多数妇女而言，一天站在陌生人面前工作十个小时是不可想象的。既然没有什么女性愿意当商店营业员，马应彪的妻子霍庆堂和她两个姐妹就率先担此重任。她们站在商店门口迎接顾客，并且鼓励其他女性以她们为榜样。霍庆堂是公司的首位女性主管。

马应彪引入了每周休息一天的工作制度。新商店在香港大获成功，来自九龙的顾客纷纷乘船前来，一睹它的风采。人群拥挤，警察不得不来维持秩序。先施引领了一场零售业的革命，其他百货公司纷纷仿效，漂亮的女性售货员更有助于促进销售。

马应彪在其他领域也很活跃。1894年，他在香港筹办了永昌泰金山庄和华顺金山庄，帮助华侨办理出国、入境、汇款等事务，整整经营了六年。

营商以外，马应彪亦参与孙中山的革命活动：1895年，他加入兴中会，以自己创立的金融公司帮助孙中山的宣传和筹款活动；1905年，他又加入了同盟会。

1907年，先施公司的利润达九万银元，公司第一次派股息。马应彪提议在德辅道中二一五至二二一号建立第二家商店，招聘三百名员工。一些股东反对这个提议，他们认为这项投资太大，要在这么宽阔的街道上吸引顾客也过于困难。马应彪赢得那天的辩论，建立第二家店面的工作于当年开始了。事后证明这是一项非常好的投资。

马应彪用新颖的方法和服务来吸引顾客：比如向顾客派发礼券，顾客用这种礼券可以在中国的任何一家先施商店以相同的价格购买商品；又如顾客购买了大件的商品无法携带时，先施会在二十四小时内提供运送服务。先施内部还设了一个柜台，里面的所有商品只卖一港元。

先施向员工提供英语和珠算课程，也免费提供洗衣、理发、医疗保健和夏季冷饮等福利。因此，很多人申请去先施工作。

1909年2月27日，马应彪在香港将先施注册为一家有限公司，邀请七位澳洲籍中国人加入董事会，并将注册资本增加到二十万港元。1911年，他在先施建立了一个教育部门，设立课程教员工识字。这一时期，永安和大新分别开办了百货公司，香港的百货业竞争由此日益激烈。

在香港的百货商店经营成功之后，马应彪考虑开始寻找在内地大城市的投资机会。要知道，内地大城市的人口规模比香港大多了。1910年，他在广州珠江江边买了四千平方米的土地，建造了一幢楼高五层的百货公司。1911年4月，广州的武装起义加速了清王朝的灭亡。马应彪听到这个消息不禁喜出望外。马应彪是孙中山的坚定支持者，他投入时间和资源，不遗余力地帮助孙中山。

1912年6月20日，投资额达四十万港元的广州新店开张了。新店不仅出售各式商品，还在顶楼设立了理发店、照相馆、电影院和戏院，并出售茶叶和啤酒。广州新店内还有电梯，这在当时的内地极为罕见。新店在广州大获成功、风靡一时，到1914年就开始盈利了。也就是在这一年，马应彪在广州开设了东亚酒店，内设电梯、餐馆和桌球室。

不安于现状的马应彪对自己在零售行业的成功并不满意。他看到中国人对外国商品如此痴迷，让外国公司赚了不少钱，于是决定涉足制造业。在中华民国早期，他在上海和广州开办工厂，制造纺织品和日用品，既向自己的百货公司供货也向其他客户供货。马应彪在全国开了二十家化妆品厂，主要的工厂设在香港。1926年，他在香港注册了先施化妆品公司，注册资本额达一百三十万港元。19世纪30年代，先施化妆品公司在新加坡和东南亚其他城市建立分公司。化妆品是他涉足最为成功的生产领域，别的领域并没有这么成功，他不得不关掉了一些工厂。

1915年7月，马应彪设立了先施保险公司，资本额为一百二十万港元。马应彪亲自任主席。先施保险公司从事人寿、火灾和财产保险，业务发展迅速，不仅在中国南部、中部、北部和东北部超过七十个城市设立了营运机构，还在新加坡、马来西亚、泰国和越南设立了分公司。1922年11月，先施人寿保险公司开始运作，注册资本达二百万港元，先施持股百分之二十五，其余股份由他的商业伙伴和其他股东持有。先施人寿保险公司的业务发展也非常迅速，分公司遍及上海、天津、广州、澳门、江门和汕头。

1913年，他进一步把先施的资本增加到八十万港元。他在香港建造了一座六层高的大厦，大厦有三个主要入口，设有电梯和一系列娱乐设施——餐馆、茶馆、舞厅和魔术表演场地。这座大楼成为中环地区的娱乐中心，1917年的注册资本就达到了二百万港元。

马应彪的商业野心促使他决定在中国的商业中心——上海——开设旗舰店。他决定在此地开设一家百货公司和东亚酒店的分店。他准备了二百万港元，在上海知名的商业街南京路买下七千平方米的土地，花三年时间建造了一座钢筋和混凝土结构的八层建筑，高耸在周围的建筑之间。

这座建筑很像广州的分店，但是规模更大，设施也更先进——拥有高档餐厅、电影院、舞厅、魔术和歌剧的演出娱乐中心。这里有很多个“第一”——装饰有盆栽花卉的屋顶花园、茶室、展示空间、固定的价格、来自国内外琳琅满目的商品和女性销售人员。

1917年10月20日早上10时，成千上万的人蜂拥而至，来参加鞭炮齐鸣的剪彩仪式。像在香港一样，女性销售人员引起了

» 上海先施百货公司

轰动。先施公司在报纸上刊登了招聘广告，并没有人应聘。马应彪的妻子亲自在化妆品柜台工作，与她一起工作的还有一位在基督教牧师抚养下长大的年轻女子。她们的举动打破了传统禁忌，引起其他女性的仿效，她们变得颇受欢迎。第二年，商场的收入超过了最初投资，甚至超过了香港分店的业绩。公司相继在南宁、哈尔滨、新加坡、伦敦和日本开设分店。

截至1929年，先施公司的资本达到一千万港元。马应彪的保险公司和金融公司也都生意兴隆，能够在各自的领域与外国公司抗衡。金山庄在新加坡、日本和美国都设有分行。百货公司的下一家分店设在澳门，1935年9月7日，分店在十月街一三四至一三八号开业，占地三点四公顷，是一幢包括银行和餐厅在内的八层大楼。马应彪还在分店旁边开设了一家东亚连锁酒店。

先施继续创造当地的各种“第一”。公司在香港举办了一场时装秀，展示用英国布料制造的女士短裤。寻找愿意担任模特儿的女士，要比找到愿意在化妆品柜台工作的女士更加困难。他们只能找了多个舞女出演时装秀。这是香港历史上的首次时装秀。到了20世纪30年代，先施已经成为总部设在香港的跨国公司。百货公司的业务仍然是它的主要业务，公司也在世界各地不同的国家，涉足其他的行业领域。

身为只受过三年正规教育的人，马应彪敏感地意识到教育的重要性，以及它在国家建设方面发挥的作用。清朝末年，只有百分之三十至百分之四十五的男性和百分之二至百分之十的女性具有读写能力。

部分源自基督教信仰的鼓舞，马应彪为公司员工和更广泛的社会大众的教育事业，投入了大量时间和金钱。他出版了一本五千字的教科书，帮助人们识字。1915年，他在香山创立世光女子高等学校，其中包括了职业教育课程。后来，他担任学校董事，并在香港和广东的其他教育机构任职。

1888年，一群美国传教士在广州成立了一所私立大学——岭南大学，马应彪是这所大学第一位中国校董。该校最初名为格致书院，1918年扩建为大学，管理权也转交到中国人手中，并更名为岭南大学。马应彪出资建造了几座大楼，其中一座以他妻子的名字命名。他还提议建设岭南农业大学，并得到批准，由他本人担任主席。广东省政府出资三十万元，其后每年提供十万元补贴，又提供六十公顷的土地作为试验农场。大学开设了养蚕、农场技术和畜牧专业，培训专业人才，并开发出更好的农作物和种子，用于中国南方种植。马应彪是岭南大学的董事，与妻子分别捐资兴建了两幢大楼，其中一幢目前用作医疗诊所，一座他妻子的塑像矗立在大楼入口处。

马应彪对赈灾活动也很积极。早在1906年，广东的西江洪水泛滥，他和员工们两次前往灾区，分发先施百货公司的救灾品。1915—1923年之间，他也一直有同样的善举。他担任广州红十字会的主席，并在广州和香港的医院担任董事。

作为一名虔诚的基督徒，1914年，他在香港薄扶林道一一九至一二五号建立了一个新教公墓。公墓俯瞰大海，名为马合念堂。他与其他信徒一起，成立了香港基督教青年会，并在第二年担任主席。

20世纪20年代末，马应彪达到了权力的顶峰。1930年，他六十六岁。尽管年事已高，但由于生活简朴、性格平和，他的身体状况很好。他是香港最著名的商人之一，声名远扬至广东和上海。先施百货商店是中国一个家喻户晓的名字，分店遍布香港、广州、上海和其他城市。集团还经营东亚连锁酒店，以及红红火火的保险和金融公司。除了管理庞大的商业帝国，马应彪在教育、医疗和慈善领域也很活跃。三十多年之前，孙中山在与马应彪的会晤中交给他一项使命——“商业救国”，马应彪所做的已经远远超越了这一使命。

但与许多中国人一样，日本的侵略摧毁了马应彪的生活。1932年1月28日，日本军队从空中、海上和陆地对上海发起了进攻，战役一直持续到3月2日。这场短暂的战役史称“一•二八”事变。马应彪失去了他的第六个儿子马少雄，他在前往上海的一个部队医院看望伤员时感染了致命的传染病，不幸身亡。

1937年7月，日本对中国发动全面进攻，限制外国货物的运输。这对先施是一个沉重的打击，公司从欧洲和美国进口许多货物，并以能向客人提供多种货物为傲。马应彪被迫从日本采购更多货物，他以从美国、欧洲采购时相同的规格订货，但是日本的货物却并不具备与欧美产品相同的声誉，因此他并不宣传货物的产地。

1937年8月13日，上海的先施百货受到日军炸弹轰炸，他的第九个儿子马少聪身负重伤，幸免于难。

1938年10月，日军占领广州，强占了城里的先施百货分店。1941年12月，侵略者攻占香港，并强占了马应彪的公司。对马应彪这样一个白手起家、倾尽毕生精力创业的人来说，这简直是一场噩梦——他所有生意都落入了敌人的手中。

值得一提的是，1943年，马应彪设法逃离香港，穿越敌人的封锁线来到国民党政府所在地重庆；1944年，他沿着同样危险的路线返回了香港。同年7月，马应彪中风，并于7月15日去世，享年八十岁。他安葬在三十年前在薄扶林道上帮助建立的新教公墓马合念堂。那里还埋葬着其他知名的香山子弟，包括另一位零售业巨头蔡昌。

1949年，共产党掌权之后，正如对其他私人企业一样，将内地的先施百货收归国有。

遗产

马应彪在他的家庭、他的公司和他的国家都处于最黑暗的时期离世。但是，他留下了伟大的遗产，这对出生在一个极为贫困的家庭、只读过三年书的人来说是非常了不起的。

“我创建先施百货的灵感，就是要改变中国旧有的做生意的方式。”他说，“在澳洲的生活开阔了我的眼界，使我了解了大型商业组织及其策略。如果中国的生意人能对他们的经营方式进行现代化，在国际市场参与竞争，中国将重新获得国民实力。”

马应彪是中国现代零售行业之父，是他引进了今天广泛应用的商业管理和营运。他在上海南京路的旗舰店被另外三位同行仿效——模仿是最真诚的赞美方式。他的商场将种类繁多的全新产品和愉快的购物体验带给成千上万的客户，商场里有餐厅、舞厅、戏院、剧院、茶园，并销售服装、鞋子和化妆品。

马应彪和夫人为中国的女性做出了巨大的贡献。在清末，妇女被排除在教育、职场和公共生活之外。先施百货高调雇用女性，大声地向社会传达这样的讯息——给女性一个机会。他还积极投身女性的教育，不仅是学校教育，还包括成人教育。

马应彪对教育、医疗和救济工作的大力投入，表明追求利润不应该成为企业家的唯一目标。与其他香山子弟一样，他亲眼看到中国与西方世界的巨大差距，并相信只有在许多领域努力奋斗，才能缩短这个差距。慈善精神和爱国主义推动着他前进的脚步。

» 香港先施百货的广告，承诺每件产品都以固定价格标价

第十一章 大新百货创始人

蔡昌 1877—1953 *Cai Chang*

引子

共和国时期，中国最知名的四家百货公司——永安、先施、新新和大新，全部是由香山的子弟们创建的。本章的主人公名叫蔡昌，是大新的创始人。大新在上海的分店，正是现在上海的第一百货商店。

贫穷和澳洲

蔡昌于1877年11月3日出生在外沙村，在家中四个子女中排行第三。他的父亲极为贫困，为了养家糊口辛苦奔波。这个年轻人只上了三年学就不得不退学养家。他在农场里劳作、放牧牲畜、出海捕捞鱼虾，甚至拾粪为生。

像广东许多贫困家庭一样，蔡昌的哥哥蔡兴去了澳洲挖掘金矿。蔡兴和另外一名香山子弟马应彪一起，在悉尼摆了个卖新鲜水果的摊子。1891年，蔡兴回家探亲，把十四岁的弟弟带到了澳洲。抵达悉尼后，蔡昌在哥哥和马应彪一起开的水果店里帮忙。他帮助哥哥在悉尼的郊区开垦花园，种植水果和蔬菜，为水果店供货。他还把水果送到金矿去卖，换取黄金。不久后，他在悉尼市开了自己的小店，销售百货用品和水果。

1899年，蔡兴搬到了香港，在马应彪的邀请下，他用赚到的钱投资先施百货公司。二万五千港元的资本金是他和十二位合伙人共同集资的。1900年1月8日，新店开业。不久之后，蔡昌还前往香港，在先施百货公司为马应彪工作。

蔡昌在店里的职位不错，薪水也很好。但是他渴望拥有自己的生意。工余时间，他学习文化和产品管理方面的知识，还去参观外国公司，看看那些公司是如何营运的。他从一家小百货店开始做起。1910年，他决定开一家大百货公司，销售来自世界各地的货物。蔡昌需要融资，哥哥给了他强而有力的支持。

大新百货

1912年，兄弟二人前往广州和香港，拜访商户寻求资金支持。他们筹集了四百万港元，在德辅道中租下了一家店面，名为“大新百货有限公司”（The Sun），并以太阳作为公司的标志，取“旭日初升，大展新猷”之意。公司于1912年开张，先施百货和永安就在附近，可想而知，竞争非常激烈。

蔡昌是公司经理。他每天早上4时起床，事无巨细地照料生意——从产品质量到采购流程，确保没有假货，价格公道合理。他把良好的商誉放在最为重要的地位，店里的生意逐渐好转。在第一次世界大战期间，外国公司没有时间和精力兼顾远东的市场，这是发展生意的绝好时机，蔡昌开始把目光投向广州市场。

1916年，他在广州的惠爱中路（今中山五路）开了一家分店。店里销售日用百货，并在屋顶天台提供娱乐项目，供应食品饮料，还提供洗浴服务。那是一座五层的砖木水泥建筑，店里雇用了一百八十人。

1918年，他又在西堤开了一家分店，是一座十二层的钢筋水泥建筑。顶上的三层有阳台和露天平台，汽车可以沿着一条螺旋车道开到大厦的第四层。楼里设有四部电梯，并有自己的发电机。它被视为中国南方最好的百货公司，吸引了大量游客。另一个特色是店内有不同菜系的餐厅，屋顶还有游乐园、理发店、照相馆和眼镜店。

这两家百货公司在节假日都会降价促销，年营业额在三十万至八十万元之间，生意比城里的竞争对手都好。本地人称第一家百货公司为“城里大新”、第二家百货公司为“城外大新”。蔡昌将大部分时间都用于广州公司的经营。他在香港和广州两地生意的成功，使他在两个城市成了家喻户晓的人物。

广州生意的成功，使蔡昌想到上海这个中国最大的商业中心城市。他做了认真的调研和仔细的准备。经过了大萧条时期，国民政府颁布法律鼓励海外华人在中国投资。蔡昌在香港、澳洲和东南亚募集资金。1929年，蔡昌筹资六百万港元，这其中就有广州大新百货的一百万港元。

他精心选择公司的地址，亲自站在客流最大的南京路的不同地点，在每个地方都要从早到晚站上好几天。他口袋里装着豆子，站在街上计算来往客流和车辆的数量。最后，他选择了南京路、西藏路和劳合路（今六合路）交界的地方。那片区域里有不同的里弄巷子，土地产权也分属不同的人。为了避免价格被抬高，他利用不同中介机构分别购买那片地。最终，他成功购买了八点二亩地，并雇用一名建筑师，花费了一百五十万银元。

后来，上海的宁波商会抱怨说新大厦的建设会影响周围的建筑物。双方协商未果，最终对簿公堂。在香山协会和上海市长的支持下，蔡昌说服租界当局接受他的项目并赢了官司。他说新的百货公司将提升城市税收，而且不会影响周围的建筑物。

大厦的建设历时十三个月，共有十层，面积超过一万七千平方米。这是上海最大的百货公司，比先施、永安和新新规模都大。它按照大阪的大丸百货公司的模式建造，外墙是奶黄色的釉面瓷砖，地面铺有大理石。大厦采用大窗户的设计，有效采光。大厦内部光线明亮、通风顺畅，并装有加热和空调设备。大厦有四个入口、六部电梯，其中一部是专用的货梯。此外，大新还从美国公司购买了两部电动楼梯，分别安装在一到二层，以及二到四层，它们每小时可搭载四千人，大大降低了人多拥挤的情况。

这是远东第一家使用电动楼梯的百货公司。这一点吸引了大量客人，不少人即使不购物，也特意前来参观。百货公司的第一到第三层用来销售货物；第四层用于展示著名画家和书法家的艺术作品，并设有员工办公室；第五层设有舞厅和餐厅，蔡昌邀请名厨提供海内外美食；第六到第九层是电影院、剧场、京剧、魔术和其他的娱乐设施；顶层还有一个屋顶花园。这些设施一天可以容纳二万人娱乐，满足不同阶层人们的需求。

开立这样一家百货公司的风险很大。南京路上已经有三家大型百货公司——先施、永安和新新，都是由香山人在1917—1926年期间开立的。它们已经有近二十年的历史，每家百货公司都有自己的特色。此外，与日本的战争也颇具威胁，通货膨胀迫在眉睫。

蔡昌开业的决定显示了他的勇气和风险意识。百货公司的规模、新设备和新管理都是对他有利的因素——扶手电梯是亚洲第一部；百货公司共拥有十六个舞台，包括京剧、戏剧、电影、魔术和其他项目在内的娱乐设施也非常出色，能吸引喜欢新鲜事物的上海人。先施和永安有很大份额的进口商品，当中永安的价格更高。尽管大新也有外国货，它却更多地瞄准大众市场；在地库楼层，为普罗大众提供价格相宜的商品。

1936年1月10日，百货公司正式开业，蔡昌担任总裁，他的兄弟蔡惠民担任经理，长子蔡乃诚担任副经理。百货公司有超过八百名员工，其中少量人员来自香港和广州，大多数则是通过报纸广告招聘而来。应聘的人数远远超过职位的数目。每个应征者都要通过考试，并由蔡昌亲自批准。

» 位于上海南京路的大新百货公司安装了中国第一部扶手电梯。照片摄于1936年，蔡昌站在电梯最低的台阶上

公司以诚信为经营准则。员工接待客人须热情洋溢、彬彬有礼。客人都应受到尊重，并尽可能给予方便。蔡昌奖罚分明，他要求员工在下班后上课，学习数学、珠算和英文。表现优异的员工在年底将获得双薪。蔡昌对待员工非常严格，喜怒全在脸上。如果他们违反了店规，他会当面指出，或者处罚他们的经理。

开业前夕，大新在上海的各大报纸做了大量广告：公司销售中国和全世界最好的商品；大厦楼高十层，设有电梯方便客人进出，暖气和空调系统使一年四季温暖如春；公司非常时尚现代，所有员工都穿制服——男店员穿中山装和黑鞋，部门负责人穿西装打领带，女店员穿玫红色长旗袍；食品部和医疗用品部的店员穿白色制服；每名员工都佩戴一枚有号码的徽章。为了这个项目的融资，蔡昌向渣打银行大额借贷，并以这座大厦作为抵押物。开业之前，蔡昌发表了一份声明，承诺全心全意关照客户，秉持忠诚和诚信。

开业当日，早上7时人们就开始排队等候，10时开门时人满为患，人流根本无法阻止。南京路上聚集了成千上万的人，如此庞大的人群，使百货公司不得不提前四个小时闭店清场。

大新生意兴隆，1936—1939年间，每年的营业额都有三四百万元，超过了上海其他三家百货公司。蔡昌为上海、广州和香港的百货公司设立了不同的账户，并将每家店都作为独立的生意经营，自负盈亏。他自己常驻上海，每年都去广州和

» 1936年1月15日，上海的报纸刊登了大新百货公司开业的广告

香港公司巡店几次。

战争的灾难

与其他百货公司的经营者一样，战争给蔡昌带来了灭顶之灾。1937年7月卢沟桥事变后，广州遭到日本战机反复轰炸，西堤的百货公司损毁严重。1938年10月20日，广州沦陷，百货公司被炸毁，付之一炬。大火从10月21日晚上7时开始，燃烧了四天三夜。全部库存货物被烧毁，百货公司所在的整个区域都起火燃烧。最不幸的是，来自内陆城市店铺的全部货物，都集中运到那里保管。

广州店再没能从这次打击中恢复过来。西堤的建筑成了断壁残垣，一片废墟，杂草丛生。第二次世界大战之后，两家百货公司都没能重新开业。终于在1954年，西堤建起了南方大厦，南方大厦百货商店在十六年之后重新开业。惠爱路上的店改名为中山五路百货商店。1987年，老建筑被修葺一新，新大新百货重新开张。

上海店因为地处租界区，才得以继续营运。当时，日本并不希望与外国势力作对。1937年8月，淞沪会战后，许多居民都出于安全考虑搬进了租界，百货公司的生意反而更好了。上海的利润弥补了广州的损失，也使蔡昌能够在1940年偿付渣打银行的高额贷款。1941年12月之后，日本占领了租界区和香港，接管了百货公司。

回到香港

1945年8月战争结束后，上海的百货公司经历了一段短暂的繁荣期。但是在1948年之后，美国的产品大量倾销上海，涌入本土市场。内战亦造成了货币贬值。上海所有百货公司都受到冲击，大新也受到严重影响，业绩落后于竞争对手。

不过，香港的百货公司业绩良好。1947年，蔡昌携家眷在香港定居。此后，他集中精力处理这边的生意，把上海的业务交给弟弟蔡惠民打理，可是情况还是每况愈下。于是，他大量销售货物，减少采购，并将资本转移到了香港。此举的原因在于，和其他生意人一样，他们面临高水平的通货膨胀，还担心共产党掌权之后可能发生什么事情。

1948年，国民政府实施了价格管制，通货膨胀愈发严重。这使蔡昌进一步做出了放弃上海业务的决定。从1946年开始，上海大新的业务落后于永安和新新。当上海的业务走下坡路时，员工们组织了一个“企业委员会”维持公司的营运。1950年2月，蔡昌接见了一个员工代表团，他们请蔡昌回上海主持公司的营运。他表示会考虑这个提议，并向上海的公司汇款三万

» 位于香港中环德辅道的大新百货公司

港元。但是，朝鲜战争随即爆发，美国第七舰队开到了台湾海峡，形势变得更加紧张。蔡昌无法返回上海。

逝世与慈善

蔡昌的健康每况愈下。1953年夏，他在香港病逝，享年七十七岁。1953年11月，中国政府接管了上海的大新百货，成为上海市第一百货商店。

蔡昌热心慈善活动，为上海、广州和香港的社会福利事业慷慨解囊。他是香港几家医院的主席，包括东华三院和保良局，又活跃于香港中山海外同乡济难总会。广州有一条昌兴街，正是为了纪念蔡昌、蔡兴兄弟为广州的经济和文化事业做出的贡献。

1929年春，唐绍仪领导下的中山县获选为模范县城之后，蔡昌就任该县政府财务委员会主席，做出许多贡献。他改善税收，扩大石岐区的面积，修缮建筑和道路，并筹备开立银行。在他的家乡，蔡昌为穷人捐款，并在1929年建立了一所三层楼的礼和小学，该校后来增加到六层。蔡昌免费招收学生入学，学生达三四百人。他自己承担费用，从香港和广州邀请优秀的教师任教。学校一直办学到中日战争爆发，现在成了中山第六区管理办公楼。

蔡昌的妻子是他本村的同乡，姓梁。她为他生了两个儿子、两个女儿。长子蔡乃诚留学英国，次子蔡威林在美国学习。他们返回中国之后，帮助父亲经营大新公司。后来，整个家族居住在香港和海外。

第十二章 永安百货创始人

郭乐 1874—1956 *Guo Le*

引子

郭乐的履历和马应彪、蔡昌很相似。他出身寒微，只接受过有限的正规教育，就开始工作赚钱养家。十几岁的时候，他前往澳洲投奔兄长，在悉尼开始从事蔬菜水果生意。他赚钱自己创业，最初是在澳洲，后来将生意发展到香港和内地。

他创立了自己的品牌“永安”，并通过多种经营，将业务拓展到纺织、保险、银行、旅行社和酒店等行业。到了20世纪30年代，永安成为香港最大的华资企业集团，业务遍布香港、中国内地和澳洲。

日本侵华给他的家族和生意带来毁灭性打击。郭乐于1939年移居美国，并开设永安的分公司；1956年在美国去世。

马应彪、郭乐和蔡昌是中国现代零售业之父。他们引进了西方现代化的管理方式、会计制度和招聘方法，并使它们适用于中国的环境。

早年生活

1874年，郭乐出生在香山竹秀园村一个贫困的家庭，家中共有九个孩子。少年的郭乐和父亲一起下地劳作。十七岁时，家里让他去投靠1883年移民到澳洲的哥哥郭炳辉。他独自一人踏上了漫长的旅程，1891年和在墨尔本工作的哥哥团聚。1892年，哥哥去世，郭乐搬到悉尼。

他在悉尼的一个蔬菜农场工作了两年，随后去了表兄和马应彪合开的果蔬店工作。随后的七年中，郭乐赚够了钱，开始自己创业。他和四个来自香山的合作伙伴用一千四百镑买下永安果栏。这是一家由海外华人创立的店铺，当时经营上遇到了困难。1897年8月，新永安开张营业，郭乐担任经理。

开始的时候，店里主要销售水果、中国商品和土特产。有些水果产自澳洲，但大部分来自斐济。斐济的水果货源充足、质量上乘、价格低廉，唯一不利的是到悉尼的船程需时一个月。为了改善业务，郭乐加入了悉尼市场主要的两家水果公司，并在斐济开了一家水果公司。他从香山带了四个兄弟过来，帮他一起做生意，并把弟弟郭泉派到斐济，处理那边的业务。

郭乐在偿付债务方面一丝不苟，这为他在中国人和澳洲人中间赢得了良好的口碑。水果生意从一家店增长到四家店，他还设立了一项服务——协助中国人汇款回家乡。郭乐在斐济买了个香蕉农场，还在那里开了一家百货公司。当生意不断发展的时候，他也开始寻找新的投资机会。

1900年，他的香山同乡马应彪成功在香港开立了先施百货公司。在悉尼商店里销售多种商品的郭乐决定仿效。他参观了悉尼的大百货公司，研究它们的营运方法。随后，他本人、弟弟郭泉和另外两名悉尼公司的合作伙伴共出资十六万港元，在香港创立了永安公司，并把郭泉派到那里担任总经理。

1907年8月28日，永安公司在香港皇后大道中一六七号开业，当时公司只有一间办公室、十二名员工。永安的口号是“经营环球百货”，它还向海外华侨提供汇款、移民和回国咨询等服务。

十六万港元的资本金对一家大型百货公司来说根本不够。郭乐从何东以及其他知名商人那里获得了个人担保，分别从香港汇丰银行和渣打银行取得了二百万港元和一百万港元的贷款。1909年，公司增资至六十万港元。郭乐决定搬到香港，亲自主持香港和悉尼的生意。他将悉尼水果店的经营托付给了另外两位兄弟。这是他人生的转折点。如果留在澳洲，郭乐将享受舒适安逸的生活，但他却相信家乡的机会更好。然而他根本无法想象，二十五年之后公司的规模将有多么庞大。

1912年，郭氏兄弟将永安重组为一家私人公司，百货公司也迁往德辅道中的新址，公司有了四间办公室和六十名雇员。永安的目标是提供人们生活所需的一切：家具、药物、外国酒、烟草、厨房用具、钟表、衣服、化妆品、礼服、玩具和运动产品。货物来自欧洲、北美和中国，每种商品都有固定的价格。这家百货公司很快就成为香港富人首选的购物中心之一。郭氏兄弟采用了一种西式的营运方法，并任命许多曾在北美和澳洲工作的海外华人担任经理，而他们中的许多人都购买了公司的股份。

》位于香港中环皇后大道中一六七号的第一家永安百货公司

》位于香港中环德辅道的永安百货公司

» 永安公司创始人合照。前排左二是郭乐，前排右二是郭泉

郭氏兄弟开始了多元化经营。1916年，他们在德辅道中建了一座五层的仓库，以储藏西方货物和罐装食品。1918年，他们在干诺道海滨旁边兴建了大东酒店。1919年，他们收购了一家纺织工厂，以生产棉制货品。公司还在香港大额投资地产，几十年间购买了超过二百处房产。20世纪，香港的房地产价值飙升，这也成了一项非常稳妥的投资，为集团今天的发展提供了坚实的资金基础。

兄弟几人还进军金融领域。1915年，他们向一家房产保险公司投资六十一万港元，该公司将业务拓展到中国和东南亚的主要城市。他们于1925年创立了一家人寿保险公司，并于1931年成立了资本金达二百二十万港元的永安银行。银行在香港和当时的国民政府所在地南京注册。永安银行的总部设在香港，于1934年开始营业。

和所有中国的企业家一样，郭氏兄弟将目光转向了中国的商业和制造业之都——上海。对郭乐来说，上海对他的生意至关重要："上海是全世界最大的四个城市之一，是我们的外贸业务的海运中转中心，也是东西方竞争之地。我一定要去那里！"

1913年，兄弟们最初以五十万港元的资本金注册了上海永安公司。第一次世界大战为中国的公司提供了一个黄金机遇，战争使那些掌控中国商业的外国公司陷入瘫痪。外国公司的经理和员工应召入伍，制造业也集中在生产军需品，亚洲的运输通路也被严重破坏。

郭氏兄弟将上海公司的资本金增至二百万港元。他们认真地考虑适合大型百货公司的最佳地点，决定选在“中华商业第一街”南京路的东端。他们选择的地点位于先施百货的对面。

南京路两侧的房地产大多属于哈同（Silas Aaron Hardoon），哈同是个犹太商人，也是上海最富有的私人地产所有者。郭泉起草了一份与哈同的协议，租赁九亩土地，租期三十年。从1916年4月开始，永安将支付每年五万两白银的租金，建设一幢六层的商业大厦。协议终止时，大厦将转给哈同；如果他希望继续出租，永安将拥有最优先的租赁权。

1916年，百货公司的建设启动。1918年9月5日，位于南京路六三五号、先施百货对面的永安百货正式开张。在开业前的广告中，永安承诺销售来自英国、美国、日本和中国的四十个类别超过一万种商品；店铺面积超过六千平方米。继先施百货之后，永安成为中国最大的百货公司。客流如潮水般涌来，前三个月的库存备货在二十天之内就销售了一半。百货公司里贴上彩色标语：“顾客永远是对的。”他们可以从中国其他城市下单采购某种商品，采购部门会努力取得那种产品，并邮寄过来。

百货公司还组织销售彩票，并发行礼券和明信片形式的折子，这些优惠券成为上海富人圈中时尚的礼品。

1918—1930年之间，上海永安赚取了一千零七十万港元的利润，是最初资本金的五倍，也是中国公司中投资回报最高的一家。

» 上海永安百货公司

郭乐任命弟弟郭葵担任新店的总经理。不幸的是，郭葵英年早逝。郭乐搬到上海担任公司总裁。他们在新店旁边买了二点五亩土地，建了一幢二十二层的商业大厦，包括餐厅和娱乐区域。在大厦第四层，他们在两幢楼之间建了两条封闭的天桥，客人可以在购物之余前往用餐或娱乐。这是上海第一条此类的桥梁。新大厦是一道保险的策略——如果1946年租约到期时，哈同家族索要的租金太高，公司可以把百货公司迁往旁边的大厦。

1946年12月，协议到期。哈同于1931年去世，大厦的所有权转给了他的儿子乔治（George）。乔治同意将其出售，郭氏家族以一千一百二十五万美元的价格将大厦买下。

多元化

永安百货公司取得的成功及其赚取的财富，说服郭氏兄弟走上多元化经营的道路。公司业务拓展到保险、仓储、酒店、地产和纺织等多个领域，并成为业内翘楚。

公司最初为永安纺织公司投资了三百万港元，海外华人又追加投资了三百万港元。这是个冒险的行业，中国在纺织行业的技术要远远落后于欧洲和北美，但是中国拥有充足的原材料和廉价劳动力。

到1931年，公司在市区拥有二十四万纱锭，并创立了两个知名品牌——“金城”和“雄鹰”。通过扩张和收购，到20世纪30年代中期，公司成为中国第二大纺织公司，拥有六家工厂和包括印染在内的全套生产设备。

1916年，郭乐将公司变为一家注册资本有二百万港元的上市公司，以接受外部投资。注册资本金持续增加，在1931年达六百三十万港元，1942年达八百万港元。在那期间，香港的公司通过收购周边地产，从最初的四间办公室，拓展到1931年时拥有三十间办公室、占地三千七百多平方米的规模。位于香港中环的旗舰店，至今仍留在原址。

20世纪30年代末期，永安已经成为香港经营最为多样化的集团，拥有十五家子公司，总部设于香港，在澳洲和中国内地各地均有业务。

饱受战争摧残

日本进攻上海对永安来说是一场灾难。1932年，日军炸毁五家纺织厂中的两家，郭氏兄弟的生意受到重创，他们停止了业务扩张。1937年，日军占领剩下的三家纺织厂和公司的印染厂；同年，日军的飞机炸毁了上海的百货公司，造成巨大损失。

为了保护他们的财产，郭氏兄弟成立了一家美国公司。郭乐先前往香港，并于1939年带着多位经理前往美国。他把内地的生意留给了一个兄弟。郭乐在旧金山和纽约成立了永安的分公司，并于1956年在美国去世。

和许多私营企业一样，1949年共产党掌权之后，永安在内地的商场被国有化。2005年4月，上海商场在“永安”的名号下恢复营业，但是它已归属于一家国营公司。商店的外部恢复了战争之前的模样，而内部则进行了彻底翻新。今天的永安生意兴隆，是香港的一家上市公司，百货公司是它的主营业务。对手先施百货则于1993年回到了南京路。

时至今日，永安作为一家香港的上市公司，业务欣欣向荣，百货公司依旧是它的主营业务。2012年财政年度，永安国际的年营业额达十八亿六千八百万港元，比2011年的十七亿六千四百万港元有所提升。营业收入来自香港、澳洲和美国的百货公司、地产出租。永安在香港有五家店铺，总面积达三万三千四百四十多平方米。公司董事会的几位成员都来自郭氏家族。

结语 *Conclusion*

改变中国的人

本书描述的十二个人是非凡的，这不仅因为他们在人生中取得了卓越成就，也因为他们是在一个充满战争、不稳定性和改朝换代的历史时期取得的那些成就。他们是中国人追随的榜样——与同时代的大多数公众人物相比，他们堪称更加优秀的楷模。他们改变了中国，并推动这个国家走上一条漫长的现代化之路。令人遗憾的是，时至今日，他们中的大多数人都不为人所知，内地、香港或台湾的历史教科书也没有关于他们的记载。

从1828年容闳出生，到上海先施百货成立的这段时间，大多数中国人都在同一条村子、同一个小区生活和工作。本书的十二个主人公也都出生在农村，但是他们却生活在北京、上海、广州和香港这样的大都市，并且走出国门。中国人里只有极少部分人能够享受这种特权。正是这种生活给了他们同胞们无法获得的知识、经历和视野。他们将所学知识带回中国，并用于帮助自己的国家。

我们应该如何衡量他们的成功？从物质上来说，那些投身商界的人是最为成功的。唐廷枢和徐润创建了许多公司，为数以万计的人提供了工作，并为自己赢得了巨额财富。这些公司中的两家——招商局集团和开滦集团，时至今日仍然作为海运、运输和煤炭行业大型的、有影响力的企业集团继续经营。但是，我们不应仅以他们创造的财富，而应更多地以他们为中国企业家树立的榜样来衡量他们的成功。

打造上海这座工业和贸易都市，并使其成为中国经济中心的是欧洲人，主要的是英国人。这些人创办现代化的银行、贸易公司和船运公司，他们连接着进口中国茶叶、丝绸和瓷器的海外市场，并向中国出口鸦片和制成品。对他们来说，中国人与在世界各地英国殖民地上生活的人一样，是“土著”；对于获取他们所需的原材料，并为他们安排进口产品的销售来说，中国人还是有用的。但是，控制这个流程并赚取最多利润的是外国人。

在李鸿章和洋务运动的支持下，唐绍仪和徐润成立了公司，他们独立自主、自力更生，向这种外国垄断发出了挑战。他们采用现代化的管理方法和会计制度，并雇用最合适的中外员工。为了推动公司的业务发展，他们勇于承担风险；他们能够和实力最强大的外国企业集团抗衡，堪为国人表率。1877年，招商局集团以二百二十万两白银收购了一家竞争对手——美国的旗昌洋行，这也是中国公司首次收购外国航运公司。唐绍仪和徐润堪称中国企业家的楷模。

黄宽也是一个榜样。他是个孤儿，二十岁的时候离开中国，在美国和苏格兰生活了九年。在海外生活的后七年，他只身一人，没有其他中国学生的陪伴。此后，他回到中国，在香港和广州将余生奉献给中外病人。黄宽是第一位从西方医学院毕业的中国人，在学识方面堪称典范——他用外语掌握了一门极为困难而复杂的学科。在实践方面，他利用自己的学识，为中国成千上万的百姓谋福祉。他曾得到一份舒适的政府职位，赚钱更多、工作更轻松，但他不到六个月就辞职不干了，因为他无法忍受公务员的文化氛围和生活方式。他更愿意回到广州的医院，长时间、超负荷地从事医生的工作。在传播所学知识方面，他也是一名先驱者。他将许多文献翻译成中文，并与美国合作伙伴一起，创立了医学院。他是医生的楷模，将毕生奉献给病人，为他们提供了三十年前尚未被中国了解和掌握的专业医疗服务。他全心投入为患者服务，而不是积累个人财富。

对那些投身政界的人物——容闳、唐绍仪、蔡廷干、唐宝锷，情况则更为复杂。这四人学识渊博、出类拔萃，对自己希望成就的事业有清晰的意识，但他们却身处在乱象丛生、邪恶堕落、纷繁复杂的政治环境中。那时，清王朝行将就木，由军事领袖控制的新共和国刚刚成立。为了争夺权力，军阀派系之间纷争不断。当时的政府以个人为核心，正如谚语所说：“一人得道，鸡犬升天。”或者从反面来说，一旦领袖失去权位，就会“树倒猢狲散”。国家政策和官衔职位也往往成为某位领袖人物的抵押品，一旦他倒台了，他提拔的一众人等也就此垮了。

容闳受此影响最大。从耶鲁大学毕业之后，他有机会在美国定居；他在美国学有所成，又有人脉关系，完全可以过上好日子。但是他对自己的国家充满赤诚，决意要把它建设得更好。容闳并没有意识到这将有多困难，他于1855年回国，却发现政府正在镇压太平天国运动，中国陷入了19世纪最大的一场战争之中。他找到了与他志趣相投的曾国藩、李鸿章和洋务运动的其他成员，他们都希望按照他的设想，在中国推行改革。

1865年，容闳在上海协助兴建的江南造船厂成为东亚最大的兵工厂，能够生产钢铁和蒸汽轮船。2009年，江南造船厂迁至长兴岛，并在那里制造中国第一艘航母。

容闳最大的贡献是将现代教育引入中国。改革派采纳了他的意见，派学生往美国深造，实施这个项目是他毕生最快乐幸福的时光。但在1881年，仅仅过了十一年，朝廷的保守派就破坏了这个计划，下令所有学生回国，只有三人完成了大学学业。

在他的余生，容闳向政府提出了许多改革建议，除了在1898年短暂的“百日维新”（戊戌变法）过程中，这些意见均未被采纳。随后，慈禧太后下令逮捕皇帝，并将改革者处死。容闳只得亡命天涯。

他是一个超越了所处时代的人，他的许多理念都被后来的政府实施采纳。所以，他最大的成就正是他自己——一个为了国民福祉，将个人利益置于不顾，并努力将西方精华引入中国，使国家变得更美好的、爱国的中国人。

1911年10月辛亥革命之后，唐绍仪在南北议和中起到了重要作用。他协助确保不会爆发内战，在皇帝退位支持平民总统之后，不会发生弑君的事情。但和其他人一样，他也是本国政治制度的牺牲品。在一个正常的国家里，他可能成为出众的外交部长，或者是驻华盛顿、伦敦或东京的大使，但当时的中国绝非一个正常的国家。唐绍仪的才华并没有得到很好的发挥，

1920年，他心灰意冷地离开中央政府，返回香山老家。

1929—1936年，唐绍仪在香山当了七年县长，这也是他平生最有成效的七年时光。在这里，他至少可以当家作主，并且实施香山县所需要的改革。但即便在那个远离权力中心的乡下县城，这种局面也没有持续多久。广州的一个军阀妒忌他的成功和声望，带领士兵将他赶出了家乡。他不得不回到上海法租界的住所生活。

蔡廷干和唐宝锷两人都尽其所能，为国家服务。在政府工作的二十六年间，蔡廷干在军事、税收、金融、海关和外交等领域都做出了重要贡献。和唐绍仪一样，他本可以成为一名杰出的外交部长或财务部长。唐宝锷的专业是法律和日语。对于一个新成立的共和国来说，现代化的法律体系无疑是重要的基石。通过他的文章、倡导和实践，他主张中国应该采纳更好的法律制度和更健全的法律体系。但在当时，国家政局不稳，国家领导人也并不明智，唐宝锷的建议大多石沉大海、不了了之。

唐国安的故事也是如此。在这十二个人之中，他和容闳是最强而有力的道德提倡者。终其一生，唐国安都致力于他所信仰的事业——反对鸦片、反对妇女缠足、反对外国人与中国人间的不平等、反对政府和商界的腐败和公共卫生水平的低下。如此一来，他将自己与强大的社会利益对立起来。

唐国安最伟大的成就是由他亲自负责、让中国学生到美国深造的项目，以及创建清华大学。尽管他在清华大学校长的职位上只有三年时间，就过早离世，但他却为中国最重要的一所高等学府奠定了基础。无论在国民党时期还是共产党时期，都有无数政治、学术和商业领袖在此学习。

唐国安和容闳是道德领袖，也许这正是他们最伟大的遗产。二人才华横溢，有很好的人脉关系可以移居美国或欧洲，享受舒适的生活，但他们都拒绝了这样的机会。尽管他们清楚地知道，当时的政治、社会环境对他们的理念充满敌意，但二人却选择将全部精力投入祖国的改革事业，并努力将国家建设得更好。袁世凯窃取了唐国安经营清华大学的款项，而容闳在1898年“百日维新”失利后不得不亡命天涯。在他们心中，精神信仰和国家利益远远高于金钱和物质利益，这正是他们堪为后世楷模的地方。

中国现代零售行业的三位创始人马应彪、郭乐和蔡昌，以及“茶王”唐翘卿的成就则比较容易衡量。前三者在香港、上海、广州和其他城市建立了繁荣的百货公司，他们引进了高质量的管理和服务，以及中国人前所未见的、琳琅满目的丰富产品；后者创立中国第一家茶叶出口公司，打破外国公司对这种商品的垄断。许多后来者都追随着他的脚步。

三个零售业巨子的商店为千万百姓提供了购物、娱乐和餐饮的愉快体验。走进遍布中国城市的百货商店和购物大厦，你就能亲眼见到他们留下的遗产。尽管日本侵略，以及1949年之后新政府的国有化运动使生意受到破坏，但他们所培植的理念却已扎根萌芽。1978年改革开放之后，这种商业理念和企业家精神正是中国成功的秘诀之一。像前苏联成员国等其他社会主义国家，即使放弃了社会主义制度，仍无法产生足够的消费者和轻工业产品。而在中国，情况却截然不同。当邓小平向私营企业和外国投资者开启了大门，马应彪、郭乐和蔡昌的精神迅速复活了。像他们一样，来自内地、香港、台湾的企业家纷纷开设工厂和商店。仅仅二十五年间，中国已经成为全世界的轻工业工厂。邓小平选择广东省——这十二位香山子弟的故乡——作为实施改革政策的首个省份，具有重要意义。广东省在中国有着最悠久的私人企业经营史，并且是获得财富、经验以及联系华侨的最佳省份。

无论是在今日，还是在一个世纪之前，本书另一个主题都与我们息息相关——那就是中国与西方，尤其是美国的交流。在过去的三十年间，成千上万来自内地、香港和台湾的学生追随容闳、唐国安等人的脚步，赴美留学。他们留学的原因都是相同的——学习国内没有的先进科学、技术和其他知识，提高英语水平，并体验在发达国家生活的感受。当他们毕业之际，面临的是和容闳当年一样的问题：留在国外还是回国？对于许多人来说，这并非一个容易的决定。

在容闳毕业之后的近二百年间，在美华人的处境已经得到了显著的改善。二百年前，大多数在美国生活的中国人都在矿山、建筑工地和铁路上工作，或是靠经营餐馆、洗衣房赚取极其微薄的收入。他们处于社会的边缘，经常被迫生活在特别设立的区域中，不得与白人一起生活。在美华人的处境反映了中国当时的地位：中国被歧视，中国人也成了歧视的受害者。这使得许多在美华人充满强烈的自卑感。1882年，美国政府通过了《排华法案》，禁止所有中国劳工移民；直至1943年12月，这部法案才被废止。容闳、唐绍仪、唐国安和其他在美国求学的人是出类拔萃的，他们受到特殊待遇，在美国最好的学校和大学求学，与这个国家的精英人才一起生活。所以，他们面对白人并没有自卑感，而是将他们视为平等的人。在他们心目中，白人既不比中国人好，也不比中国人坏。

因此当他们学成归来，发现自己在祖国竟成了二等公民时，深感震惊。他们在美国的老师、同学和寄宿家庭都很尊重他们，然而在中国遇到的大部分西方人却瞧不起他们，尽管他们都受过良好的教育，英语流利。正如政府签署的不平等条约一样，这对他们来说是难以接受的事实。为何他们在美国是平等的公民，在祖国却成了二等公民？

这种与美国的紧密联系在国民党时代也得以延续。1927年上台的国民党政府受宋美龄的影响很深，宋美龄是总统蒋介石的夫人，是个“更像美国人的中国人”。“我身上唯一的东方特质就是我的脸。”1918年，她在回到上海时曾这样说。此前，她在美国学习了十年，包括就读于精英荟萃的韦尔斯利学院（Wellesley College）。许多高级官员都曾在西方，特别是美国求学，并在那里拥有亲属和财产。在第二次世界大战期间，美国在军事、物质和外交方面的支持对中国至关重要。

中美两国的联系在1949年之后被切断了。台湾延续着与西方的联系，并将成千上万的学生送到西方国家，尤其是美国。这些学生的使命和容闳、唐国安等人当年的使命一样。当清华大学在台湾新竹的校区成立的时候，许多教授都去了台湾；庚子赔款使一千名学生能够前往美国留学。台湾清华大学在科学和技术领域实力超群，在台湾的经济发展过程中发挥了重要作用。1979年，中国和美国建立了外交关系。北京清华大学的学生重新踏上了前辈的征途，跨越太平洋赴美深造，而中国其他高校的千万学子也走上了这条路。

早年，大多数台湾留学生都选择留在美国，因为那里有更好的工作机会；台湾的职位较少，政局也不稳定。1960—1969年间从台湾赴美的一万六千八百二十五名学生中，只有五百六十一人返回了台湾。国民党政府接受了这种人才流失的局面，因为他们不能为这些高素质的人才提供就业机会，也并不需要这些可能成为持不同政见者的闲散留学生。1987年戒严令被废除，台湾的经济也日趋成熟。由于有了更多的公民自由和政治自由，愈来愈多台湾学生在从美国毕业后返回台湾，他们有了更多的工作选择，对台湾的未来也更加乐观。

1978年，在大陆学生开始赴美留学之后，也发生了类似情况。起初，大多数人留在了美国，但后来稳定的经济增长、更好的工作、更高的收入和更多元化的社会，都使愈来愈多人返回中国。政府也采取诸如提供优惠住房、为回国的博士提供新的研发设施等政策，吸引人才回国。起初，他们被称为“海归”，与“海龟”是双关语，指他们像回海滩下蛋的海龟一样，回国后很容易找到工作。现在，许多人被称为“海带”，意思是回国的人像海带一样多，以至他们难以找到工作。

根据美国国际教育部和国务院公布的资料，在2012学年，超过八十万名国际学生在美国的大学里学习。中国学生的数量超过了韩国和印度，达到二十三万五千人，占总数的百分之二十六，排名第一。对中国人来说，美国超越澳洲、日本、英国和加拿大，仍然是海外学习的首选国家。根据新华社的报道，从1978年到2012年底，超过二百六十万中国人出国留学，这使中国成为世界领先的海外生源国。中国的家长愿意为孩子的出国留学——特别是赴美留学——做出巨大牺牲，即便这意味着负债累累。

学生们对美国的态度则充满矛盾。他们热爱自己的国家，批评美国的军国主义和海外侵略政策，许多人都同意本国政府的主张，认为华盛顿的长期战略是与日本、韩国和东南亚国家合作，从而“遏制中国”，阻止中国成为一个全球大国。如果中国选手参加美国的温布尔顿网球赛，他们会热情地希望中国取胜。

但是，他们也热爱美国的电影、音乐、生活方式和自由，许多赴美留学生都计划不回国。一个学生曾经告诉我："我父母说最好别回国。如果这意味着要与美国人结婚，他们也没有异议。他们愿意搬到美国和我一起生活。"与美国人结婚是获得美国居留权并成为美国公民最快捷的方式。另一个学生的情况则正好相反："我父母愿意提供一切资金支持，包括学费和生活费，只要我不和美国人结婚，并保证回到中国。"

学生们是否能留在美国取决于多种原因。如果他们是科学、技术领域的毕业生，他们可能会在美国找到中国所不具备的职业前景、研究室设施和资金支持。有些人先找到临时工作，后转为永久工作，由雇主为他们申请签证。也有些人爱上了美国女士。但是，移居海外总要付出代价。他们抛下了国内的家庭、朋友和社会关系，放弃了国内原有的生活方式、饮食、杂志、电视节目和文化。他们的孩子不大可能会读写中文，而他们的孙辈则肯定不会中文。从20世纪90年代中期开始，回国人数的比例增加了。中国经济的强势增长提供了许多机遇，正如美国经济的增速放缓，令许多中国移民所属的中产阶级的生活水平都有所下降。

如果他们回国，他们能够参与中国历史上最激动人心的一个阶段，并成为社会的中流砥柱。如果容闳当年留在美国，我们可能对他一无所知：正是因为回到中国，他才可能做出那些成就。在美国学成回国，并成立信息科技和高科技公司的许多中国人，有着和容闳同样的经历。李彦宏就是一个很好的范例。他在纽约州立大学水牛城分校（University at Buffalo, the State University of New York）完成学业后，回到中国与人共同创建了搜索引擎百度。2013年3月，他以六十九亿美元的净资产，名列中国富人排行榜第二位。如果他留在美国，能否取得同样的成功呢？

继容闳和唐国安之后，中国人在美国的地位也大大提升了。这要归功于身在美国的中国移民在众多领域的成功，也要归功于中国现已成为全球第二大经济体。随着国家的进步，中国人，尤其是受过教育的中国人，感到自己与美国人是平等的，正如本书中十二位香山子弟曾体会过的一样。

他们改变了中国，并在中国的现代化进程中发挥了重要作用。这是一条漫长的征途，而这条道路还在延续。我们希望读者对这些香山子弟的生平事迹感兴趣，甚或受到鼓舞，以他们为榜样，走上他们的道路。